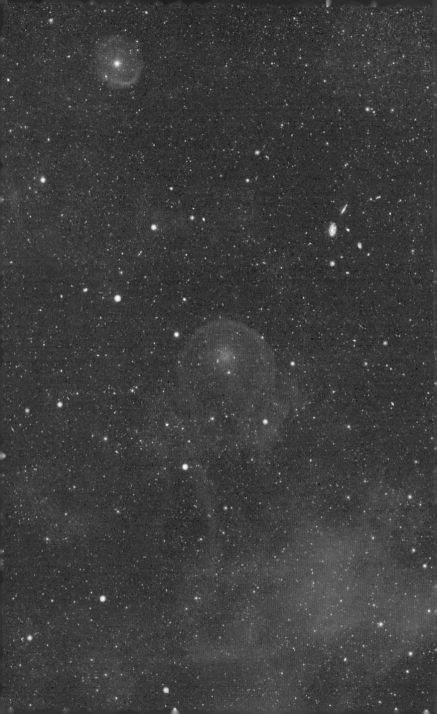

내가 너와 만나
사랑에 빠질
확률

**BOKU GA KIMI TO DEATTE KOI O SURU KAKURITSU**

ⓒ Sei Yoshitsuki 2021
First published in Japan in 2021 by KADOKAWA CORPORATION, Tokyo.
Korean translation rights arranged with KADOKAWA CORPORATION, Tokyo
through Danny Hong Agency.

내가 너와 만나
사랑에 빠질
확률
僕がきみと出会って恋をする確率
The probability of me meeting you
and falling in love → 0.0000034%
Sei Yoshitsuki
요시쓰키 세이 장편소설
김은모 옮김
arte

# 차례

**일러두기**
옮긴이 주는 괄호 안에 '옮긴이'를 함께 넣어 표기하였습니다.

# 청천벽력

드레이크 방정식이라고 '우리 은하에 존재하는 외계 문명의 수'를 계산하는 방정식이 있다. 간단히 말하면 '지구인이 외계인과 만날 확률'을 계산하는 공식이다.

한 영국 수학자가 그 방정식으로 운명적인 사람을 만날 확률을 계산해보았다. 그 결과 그와 운명적으로 사랑에 빠질 여자의 수는 전 세계에 고작 스물여섯 명, 더 나아가 그 여자와 어느 날 밤 우연히 만날 확률은 0.0000034퍼센트였다. 이는 외계인과 만날 확률의 400분의 1에 해당하는 수치다. 지금까지 외계인과 만났다는 증거를 확실히 제시한 사람이 한 명이라도 있었을까.

즉, 운명적인 사람은 존재하지 않는다. 내가 하고 싶은 말은 그것이다.

나는 운명적인 사람은커녕 친구라고 할 만한 사람조차 제대로 만나보지 못했다. 그래서 내 신발장에 웬 편지가 들어 있는 걸 보고, 처음에는 누군가 실수로 잘못 넣었구나 싶었다. 하지만 편지에 적힌 내 이름을 보고 이번에는 누가 나를 놀리는 거라고 짐작했다.

**미쓰야 구온 님**
**한눈에 반했어요. 당신은 저의 운명적인 사람입니다.**
**학교 끝나고 교문에서 기다릴게요.**

내 입으로 말하려니 좀 그렇지만, 난 이렇다 할 특징 없이 평범한 사람이고 한눈에 반할 만큼 잘생기지도 않았다. 덧붙여 고향 도쿄를 떠나 지바 현의 고등학교에 입학한 지 2주가 지났는데도 아직 내게 말을 거는 반 아이가 없다.

즉, 이건 악질적인 장난이다. 그 증거로 자기 이름도 적지 않고 편지를 넣어놓았다. 주변을 확인했지만 아무도 이쪽을 살피는 낌새가 없었다. 범인은 이미 떠난 모양이다.

편지 때문에 온종일 기분이 최악이었다. 이 일을 발단으로 질 낮은 따돌림이 시작될지도 모른다고 생각했기 때문이었다. 별 볼 일 없는 남학생이 신발장에 든 고백 편지의 내용을 진지하게 받아들였다가 창피를 당한다. 사춘기에 품을 수 있는 희미한 기대 심리를 가지고 노는 그런 짓 말이다. 아쉽게도 나에겐 그러한 자만심이 전혀 없다. 내 주제는 잘 알고 있으며, 이런 고백 편지를 진심으로 받아들이지도 않는다.

하지만 주모자가 누군지 모르고서는 그렇게 주장하지도 못한다. 온종일 이 일을 어떻게 해결해야 하나 고민했지만 아무 생각도 떠오르지 않아서, 어쩔 수 없이 편지를 못 본 척하고 평소대로 하교하기로 했다.

종례가 끝나자 재빨리 돌아갈 채비를 한 후 교실을 나섰다. 신발장에서 신발을 갈아신고 다른 학생들과 함께 아주 자연스럽게 교문을 통과했다.

됐다. 사람들에게 둘러싸여 이대로 역으로 가면…….

"앗, 미쓰야!"

이름을 부르길래 반사적으로 얼굴을 돌렸고, 돌아보자마자 아차 싶었지만 이미 늦었다.

눈이 마주치는 순간, 교문 앞에서 나를 부른 사람이 고개를 꾸벅 숙였다.

모르는 여학생이었다. 어깨 아래로 내려오는 검은 머리, 화장기가 없는데도 화사한 얼굴, 분명 나와는 엮일 일이 없는 타입이다. 아직 교복에 적응하지 못한 티가 나는 것으로 보아 나와 같은 학년인 듯하다. 교복은 똑같지만 낯선 얼굴이니까 적어도 같은 반은 아니다.

눈이 마주쳤으니 싹 무시하고 그냥 갈 수도 없었다. 주변에 있는 사람들이 아무도 이쪽에 관심이 없다는 걸 확인하고 나서야 여학생과 마주 섰다.

"······나한테 무슨 볼일 있어요?" 나는 노골적으로 불쾌한 표정을 지으며 말했다.

"어, 혹시 내 편지 안 봤어?"

여학생이 큼지막한 눈을 깜박이며 고개를 갸우뚱했다. 시치미를 뗄까 했지만, 이제 와서 거짓말을 한들 아무 소용없다.

"······봤는데요."

그러자 여학생은 안심한 표정을 짓더니, 조금 부끄러운지 뺨을 붉혔다.

"아아, 다행이다! ······대답을 듣고 싶어서."

"대답이라니요?"

"그러니까 고백에 대한 대답 말이야. 한눈에 반했다고 편지에 썼잖아?"

"······그거, 뭔가 실수한 거죠?"

실수는 무슨, 장난친 거 아니냐고 속으로 투덜거렸다.

"어, 실수한 거 아니야! 그 편지는 분명 내가 미쓰야한테 쓴 거라고!" 여학생은 진지한 표정으로 호소하듯 말했다.

하지만 쉽게 믿어지지 않는 이야기였다. 친구가 한 명도 없을지라도 괴롭힘을 당하는 것보다는 훨씬 낫다. 이렇게 시시한 나도 학교에서 평온하게 생활할 자격이 있다.

"난 그쪽 이름조차 모르는데요."

"아, 그렇지. 깜빡했어! 난 1학년 A반 간다 이노리라고 해. 미쓰야는 C반이지?"

정말로 자기소개를 해주길 바라고 꺼낸 말은 아니었지만, 같은 학년이라는 걸 알았다.

입학한 지 얼마 지나지도 않아서 이런 장난이나 치다니, 분명 시간이 남아도는 거겠지. 장난질에 놀아날 시간은 없었기 때문에 얼른 이야기를 마치려고 핵심에 다가서는 질문을 던졌다.

"그쪽이 날 안다는 건 알겠는데, 우리는 이야기를 나눠본 적도 없잖아요? 그런데 뜬금없이 고백이라니 이상하지 않겠어요?"

아무리 진지한 척해도 그런 위화감은 지울 수 없는 법이다. 이렇게 뒷심이 약한 방법으로 속이려 들다니, 나를 완전히 바보 취급한 모양이다.

이걸로 결판났다는 생각에 발걸음을 돌리려고 한 순간, 여학생이 태연하게 중얼거렸다.

"그래서?"

그래서? 무슨 반응이 이렇지.

예상외의 대답에 나도 모르게 말문이 막혔다.

여학생은 아랑곳하지 않고 말을 이었다. "한 번도 이야기를 나눈 적이 없어서 그런 거라면, 이제부터 실컷 이야기하면 되지. 서로를 더 잘 알기 위해서 사귀는 거잖아? 잘 안 맞으면 헤어지면 그만이고. 아니면 나 같은 여자는 취향이 아니야? 도저히 같이 못 다니겠다든가?"

이 여학생이 못생겼다는 건 아니다. 오히려 좀 예쁘다 싶다. 아니, 솔직히 말해 아주 예쁘다. 그래서 더 의심스럽다.

난처한 마음에 쩔쩔매면서도 나는 물었다. "……그런 건 아니지만, 왜 나인데요?"

"미쓰야를 좋아하니까."

"아무리 생각해도 그쪽에게 어울리는 멋진 사람은 하늘의 별만큼 많을 것 같은데……."

자기 비하가 아니라 실제로 그랬다.

그러자 여학생은 조금 화가 났는지 발끈한 표정을 지었다.

"그럼 태양은 두 개니? 별이 아무리 많아도 태양도, 달도,

화성도, 베텔게우스(오리온자리를 구성하는 별들 중 가장 밝은 알파
별-옮긴이)도 전부 하나뿐이잖아. 138억 년이나 되는 우주의
역사 속에서 같은 시대에 같은 나라에서 태어나 같은 고등
학교에서 만난 사람을 좋아하는 게, 얼마나 말도 안 되는 확
률인지 알아?"

예상치 못한 여학생의 반박에 기가 눌려 나는 입을 꾹 다
물었다.

"그래서 그런 내 마음을 소중히 하고 싶었어. 그러기 위해
서는 다른 사람이 아니라 꼭 미쓰야여야 한다고. 내게 너는
이 세상에 단 하나뿐인 운명적인 사람이니까."

난 당연히 운명적인 사람이라는 걸 믿지 않는다. 이 여학
생이야말로 운명적인 사람을 만날 확률이 얼마나 낮은지도
모르고서 가볍게 말하는 거겠지.

하지만 더 이상 이 고백을 의심하는 건 실례다.

설마 내가 고백받는 날이 올 줄은 꿈도 꿔보지 않았으므
로, 이럴 때 어떻게 **거절하면** 원만하게 넘어갈 수 있는지도
모른다. 그래서 하다못해 여학생이 수치심을 느끼지 않도록,
주변에 인기척이 없는 걸 확인하고 나서 내 마음을 솔직하게
전했다.

"그쪽 마음은 알았어요. 설마 날 좋아한다는 사람이 있을

줄은 몰랐어요. 의심해서 미안해요. 하지만 난 운명을 믿지 않고, 그쪽에 대해서 아무것도 알지 못해요. 그러니 사귀자는 말에 뭐라고 대답을 할 수 없겠네요. 미안해요."

처음치고는 무난하게 거절하지 않았나 싶다.

머뭇머뭇 여학생의 표정을 살폈다. 그러나 여학생은 내 예상과 달리 환하게 웃으며 다가섰다.

"대답할 수 없다는 건, 앞으로 어떻게 될지 모른다는 뜻이지? 받아들일 가능성도 있다는 거네? 그럼 일단 시험 삼아 사귀어보자! 싫어지면 차도 돼, 알았지!"

"어?"

일이 엉뚱하게 진행돼서 나는 어쩔 줄 몰랐다.

"아, 고백하길 잘했다! 그럼 미쓰야, 아니, 구온! 나 이제 동아리 활동하러 가야 하니까 내일 보자!"

"자, 잠깐만⋯⋯!"

얼떨떨해하는 나를 남겨둔 채 여학생은 경쾌한 발걸음으로 학교 본관에 돌아갔다.

워낙 청천벽력 같은 일이라, 여학생이 본관에 들어간 후에도 나는 한동안 그 자리에서 꼼짝도 하지 못했다. 하교하는 학생들이 교문 앞에 우두커니 서 있는 나를 수상쩍게 바라보았다.

대체 무슨 일이 일어난 걸까. 뇌의 처리 속도가 따라가지 못하는 기분이었다.

그러다 한 생각이 머리를 스쳤다. 어쩌면 나는 내일 죽을지도 모른다.

부모님은 내가 열 살 때 교통사고로 돌아가셨다.

그 차에는 나도 타고 있었다. 그런데도 **운 나쁘게** 나만 살아남았다. 눈앞에서 죽어가는 부모님의 모습이 지금도 머릿속에 생생하다. 나도 사라지고 싶었다. 그 사고로 함께 죽었어야 했다는 생각을 몇 번이나 했는지 모른다.

땅이 소리를 내며 무너지는 감각. 절대적이었던 뭔가가 아주 간단하게, 어찌해볼 도리도 없이 무정하게 사라지는 데서 초래하는 끝없는 절망. 압도적인 고독.

그래도 세상은 퇴색하지 않았고, 아무 일도 없던 것처럼 시간은 흘러갔다. 그런 부조리한 일이 어디 있느냐고 한탄하는 사람은 이 세상에 나 혼자뿐인 듯했다.

부모님이 돌아가신 후 도쿄에 사는 큰아버지 부부네, 큰고모 부부네, 할아버지 할머니네를 본인들의 사정에 따라

전전하며 자랐다. 전학은 일상이었다. 심할 때는 1년에 두 번이나 옮겨 다녔다. 그래도 불평은 못 한다. 내가 성가신 군식구라는 걸 잘 알고 있었으니까.

그러다 중학교 3학년 여름, 지바에 혼자 살던 외할머니가 돌아가셨다.

매년 여름방학 때 혼자 놀러 오는 손자를 할머니는 늘 따뜻하게 맞아주었다. 몸이 약해 툭하면 병원 신세를 지는 분이라 나를 거두어서 보살펴주기는 어려웠지만, 그래도 여름방학에 외할머니 집에서 보내는 며칠 동안 나는 평온함을 맛보았다.

외할머니가 남겨준 약간의 재산과 빈집을 상속한 걸 계기로, 이 동네 고등학교에 원서를 넣었다. 여기라면 남에게 피해를 주거나 남의 눈치를 보지 않고, 심기일전해서 자유롭게 생활할 수 있을 것 같았다. 그리고 그렇게 해야지 오랫동안 나를 돌봐준 친가 사람들도 분명 어깨가 가벼워질 것이다. 예상대로 친가 사람들은 3년간 외할머니 집에서 혼자 살면서 고등학교에 다니고 싶다는 내 청을 기꺼이 받아들였다.

외할머니 집이 있는 지바 현 오타키 정과 이스미 시 사이에는 한가로운 전원 풍경이 한없이 펼쳐진다. 봄에는 흐드러지게 핀 노란 유채꽃을, 여름에는 매미 소리가 요란하게 울려 퍼지는 울창한 녹음을, 가을에는 곱게 물든 단풍과 고개 숙인 벼를, 겨울에는 오리온자리를 비롯한 수많은 별을 볼 수 있다.

그런 사계절의 경치가 그림처럼 차창에 비치는 이스미 철도는 지바 현을 대표하는 지방선으로 팬도 많다. 특히 봄철에 만개한 유채꽃 사이를 달리는 열차 영상은 유명한 편이다. 배차 간격은 약 한 시간, 차량은 아침 시간대를 제외하면 1량 편성, 정차역은 대부분 무인역이고, 밤 9시가 지나면 전철이 끊긴다. 도쿄와 비교해 편리하지는 않지만, 시간이 느긋하게 흐르는 이 동네에 살자 희한하게도 고독한 기분이 누그러졌다. 아마도 고독은 주변에 사람이 많으면 많을수록 강하게 느껴지는가 보다.

나는 지금까지 이 절대적인 고독을 어떻게 달랠까를 인생의 목표로 삼고 살아왔다. 그러다 어느덧 '우주'에 다다랐다. 계기는 부모님이 살아 계시던 시절에 이 동네에서 본 유성군이다. 도심에서는 볼 수 없는 칠흑같이 새까만 하늘에 반짝이는 무수한 별들, 그리고 그 사이로 떨어지는 유성에 어린 나는 매료됐다.

부모님이 사준 우주 도감은 지금도 나의 보물이다.

상투적인 표현이지만, 우주를 떠올리면 그 장대한 규모에 비해 내 고민은 아주 사소하게 느껴진다. 슬픔과 고통, 고독조차 잠깐 잊을 수 있다. 그래서 필연적으로 우주가 좋아진 것이리라.

집 근처 오타키 역에서 내가 다니는 이스미 고등학교가 있는 오하라 역까지 전철로 약 30분이 걸린다. 전철은 한 시간에 한 대밖에 없으므로 절대 놓치면 안 된다. 그래서 나는 전철이 도착하기 30분쯤 전에 역에 가서 벤치에 앉아 책을 읽으며 전철을 기다린다. 그 결과 매일 아침 한 시간의 의미 있는 독서 시간을 확보했다.

독서 시간을 함께하는 책은 우주 관련 서적이다. 목적지인 오하라 역은 종점이라서 아무리 집중해서 읽어도 못 내리고 지나칠 걱정은 없다.

난생처음으로 여자에게 고백받는 희한한 일을 겪은 다음 날도, 나는 여느 때와 다름없이 혼자 사는 집에서 잠이 깼다. 평소처럼 집안일을 하고, 아침을 먹고, 평소와 같은 시간에 역에 가서, 유명한 사진작가가 촬영한 천체사진집에 푹 빠진 채 학교로 향했다.

하룻밤 자고 일어나자 어제 겪은 일이 전부 꿈이었던 것처럼 느껴졌다. 그렇다기보다 그렇게 여기고 싶었는지도 모른다. 그게 아니면 이제 막 시작된 평온한 고등학교 생활이 위태롭게 변할지도 모른다는 경계 본능이 발동한 것이리라. 인간은 언제나 변화를 두려워하는 생물이다.

오하라 역이 한 정거장 남았을 때 갑자기 앞에서 누군가 말을 걸었다.

"우주, 좋아해?"

놀라서 고개를 들자 어제 보았던 여학생, 간다 이노리가 서 있었다. 이노리는 막대사탕을 손에 든 채 내가 읽던 책의 표지를 들여다보았다. 어제 있었던 일을 꿈으로 결론 내린 나는 평정심을 잃고 몹시 당황했다. 그런 내 반응에는 아랑곳없이 이노리가 뭔가 좋은 생각이 난 듯 손뼉을 짝 쳤다.

"아, 맞다! 학교 끝나고 시간 있어? 같이 좀 갔으면 하는 곳이 있어서 그래."

불길한 예감이 뇌리를 스쳤다. 별생각 없이 따라갔다가는 이번에야말로 위험한 애들에게 해코지를 당할지도 모른다.

"학교 끝나고는 좀……."

거절하려는 찰나 전철이 오하라 역에 도착해 사람들이 밖으로 우르르 몰려 나갔다.

"그럼 학교 끝나고 보자!"

내 대답은 듣지도 않고 이노리는 부리나케 내려서 가버렸다. 덕분에 이틀 연속 우울한 기분으로 하루를 보냈다. 생각하면 할수록 제멋대로 행동하는 이노리의 태도에 화가 났다. 그러나 고민을 상담할 친구도 없어서 혼자 이 고통을 견디는 수밖에 없었다. 오늘이야말로 한눈팔지 않고 빛처럼 빠르게 집에 돌아가야 한다.

방과 후, 나는 종소리가 울리자마자 자리에서 일어나 가방을 들고, 누구보다도 먼저 교실 문을 열었다.

"아, 구온, 고생 많았어. 기다리고 있었어!" 활짝 열린 문밖에 간다 이노리가 서 있었다. "그럼, 갈까!"

얼떨떨해하는 내 모습엔 아랑곳없이 이노리는 내 팔을 잡고 어딘가로 끌고 갔다. 주위에 있던 반 아이들이 우리에게 호기심 어린 시선을 던졌지만, 지금은 그런 걸 신경 쓸 상황이 아니다.

이제 대체 어떤 험한 꼴을 당할까. 폭행? 협박? 사이비 종교 단체처럼 비싼 물건이라도 팔아넘기려는 걸까. 마음을 졸이고 있자니, 이노리가 어떤 교실 앞에서 걸음을 멈췄다.

6층의 물리실이었다. 비관하는 나를 본체만체 미노리는 주저 없이 문을 열었다.

"얼른 들어가, 얼른."

도망치고 싶은 마음을 간신히 억누르고, 얇은 빙판을 밟듯 조심조심 안으로 들어갔다. 그러자 덩치가 우람하고 키도 큰 남학생 한 명이 교복 차림으로 고무공을 벽에 팅기고 있는 모습이 눈에 들어왔다. 아직 봄이건만 새하얀 반소매 차림이었고 피부는 볕에 그을려 구릿빛이었다.

끝났다. 이제 이노리의 진짜 남자친구인 이 남학생에게 생트집을 잡혀 폭행당하거나, 돈을 뜯길 것이다. 무심코 지갑에 돈이 얼마나 있나 생각하던 때였다.

"아, 다쓰미 선배! 소개할게요. 얘가 미쓰야 구온이에요."

그러자 다쓰미 선배라고 불린 남학생이 공 팅기기를 멈추고 이쪽으로 다가왔다. 나도 모르게 자세를 가다듬었다.

"네가 소문의 걔구나! 난 다쓰미 신야, 잘 부탁한다!"

다쓰미 선배가 악수를 청하길래 머뭇머뭇하며 겨우 손을 내밀었다. 다쓰미 선배는 웃으면서 내 손을 꽉 잡았다. 악의가 있는 건지 없는 건지 판단하기 어려운 수준의 힘이었다.

"어제 이노리한테 남자친구가 생겼다는 말을 듣고 빨리 만나보고 싶었는데, 반갑다."

"후후, 오늘 아침에도 같이 등교했다니까요."

남자친구라는 말에 가슴이 철렁했다. 적어도 나는 이노리의 고백을 받아들이지도, 오늘 아침에 함께 등교하지도 않

왔다. 두 사람의 대화를 들으며 새 발의 피에 비유하기도 민
망한 우리의 관계가 대체 얼마나 뻥튀기된 걸까 불안해졌다.

다만…… 그렇다면 다쓰미 선배는 이노리의 남자친구가
아닌 건가. 최악의 상상이 실현되지 않아서 일단 가슴을 쓸
어내렸다.

"다쓰미 선배는 3학년이고, 우주부 부장이야." 이노리가
변함없이 내 심정은 무시하고 말했다.

"우주부?"

"어, 말 안 했나? 우리는 우주부야. 구온은 우주를 좋아하
는 것 같으니까, 혹시 가입하지 않으려나 싶어서 데려왔지."

이노리는 깜빡한 걸 미안해하는 기색도 없이 설명했다. 그
런 말은 아침에 했어야지.

즉, 여기는 우주부 동아리방이라는 건가. 걱정이 기우로
끝나서 다행이었다.

"실은 우주부가 폐지될 위기에 처했거든. 지금은 최소 규
정 인원인 세 명이 있으니까 어떻게든 버티고 있지만, 다쓰미
선배가 졸업하면 위험해."

"세 명이라면 한 명 더 있다는 뜻이야?"

"어, 응. 저기 봐."

이노리가 가리킨 곳을 보자 머리를 금색으로 물들인 남학

생이 책상에 푹 엎드려 있었다. 언제부터 있었을까. 아무래도 저 남학생도 우주부인 모양이다.

"쟤는 아마미야 아사히라고 해. ……분명 구온이랑 같은 반일 텐데."

얼굴은 보이지 않았지만 바로 같은 반 아마미야라는 걸 알았다. 막 입학한 1학년 중에 머리를 금색으로 염색한 학생은 아마미야 정도다. 교실에서도 수업은 듣지 않고 늘 꾸벅꾸벅 졸기만 한다. 그러고 보니 종례 시간에 안 보인다 싶더니만, 이런 곳에서 자고 있었나.

입학식 때 구부정한 자세로 앞을 보지 않고 걷는 아마미야와 어깨를 부딪쳤을 때, 그가 들으라는 듯이 혀를 찬 것이 아직도 기억난다. 위험해 보여서 절대로 엮이지 않겠다고 다짐했는데, 설마 이렇게 빨리 엮이게 될 줄이야.

전혀 고맙지 않은 기이한 인연에 무심코 아마미야를 바라보고 있는데, 무슨 착각을 했는지 이노리가 갑자기 앞을 막아섰다.

"앗, 아사히는 깨우지 않는 게 좋아. 자다 깨면 기분이 엄청 별로거든."

안 그래도 말을 걸 생각은 털끝만큼도 없다.

"아마미야는 여기에서도 늘 자?"

"응, 5월병(새로운 환경에 적응하지 못해 우울해지는 증상을 가리키는 일본의 조어-옮긴이) 말기래. 대체로 자든지 멍하니 있어."

아직 4월인데, 라는 지적은 입 밖에 내지 않았다.

동아리방 창문으로 오하라의 바다가 한눈에 들어왔다. 확실히 이 풍경을 바라보고 있으면 전부 내팽개치고 잠이나 자고 싶어지는 것도 이해하지 못할 바는 아니다.

……그것보다 우주부에 가입할 뜻이 없다고 빨리 알려야 한다.

"여기까지 와놓고 이런 말을 하려니 좀 그렇지만, 난 동아리 활동을 할 생각이……."

그때였다. 동아리방 문이 열리더니 안경을 쓰고 흰 가운을 걸친 남자가 들어왔다.

"아, 시도 선생님."

"선생님, 안녕하십니까."

이노리와 다쓰미 선배가 거의 동시에 목소리를 높였다. 동아리방에 나타난 남자는 물리 교사 시도였다.

피부가 하얗고 후리후리한 몸매에, 약간 곱슬곱슬한 머리가 얼굴을 반쯤 가렸다. 시도 선생님은 교탁에 짐을 내려놓자마자 고개를 갸웃했다.

"어, 처음 보는 얼굴인데."

섬세함이 느껴지는 맑은 음색이었다.

"네, 우주부에 가입하고 싶어 하는 미쓰야 구온이에요. 구온도 우주를 좋아하는 것 같길래 데려왔어요. 덧붙여 제 남자친구랍니다!"

시도 선생님은 우주부 담당이셔, 하고 이노리가 나를 돌아보고 윙크했다.

……어디서부터 오해를 풀어야 할지 모르겠다. 확실히 우주는 좋아하지만 우주부에는 가입하고 싶지 않고, 이노리와 사귀기로 한 적도 없다.

내가 반론하려는데 선생님이 다시 입을 열었다.

"그렇구나, 마침 잘됐네. 오늘 밤은 금성이 최대 광도라서 잘 보일 거야."

선생님은 자물쇠로 잠긴 안쪽 방에서 커다란 천체망원경을 꺼내 교단 앞에 내려놓았다. 나는 천체망원경을 보고 눈이 휘둥그레졌다. 우주를, 더 나아가 아마추어지만 천문학을 사랑하는 사람 중 한 명으로서 지금까지 천체망원경을 살까 말까 수없이 고민했다. 통틀어 천체망원경이라고 하지만 성능과 가격은 천차만별이다. 몇 만 엔쯤 하는 천체망원경도 있지만, 그런 기종으로 선명하게 보이는 천체는 달 정도다. 다른 별들은 대부분 흐릿해 보인다. 행성의 모양까지 살펴보려면 구경 크기보다는 렌즈 배율을 중시해야 하지만, 당연히 렌즈가 고배율일수록 가격도 뛰어오른다. 관측 대상에 따라 적합한 배율은 있지만, 그런 걸 모조리 갖추려면 고등학생으로서는 도저히 감당이 안 된다.

그런데 시도 선생님이 느릿느릿 가지고 나온 천체망원경은 내가 오랫동안 몹시 탐냈던 물건이었다. 가격으로 따지면 약 300만 엔. 설마 이렇게 본격적인 천체망원경이 이 고등학교에 있었을 줄이야.

"이 천체망원경, 학교 비품인가요?" 나는 놀라서 물었다.

"어, 혹시 미쓰야, 이 망원경의 가치를 알고 있니?"

당연하죠, 하고 약간 들뜬 기분으로 고개를 끄덕이자 선생님은 싫지만은 않은 듯 부드러운 표정을 지었다.

"사실 이건 내 거란다. 취미에 몰두하다 이렇게 훌륭한 천체망원경까지 샀지만, 조카가 놀러 왔을 때 가끔 별을 보여주는 정도고 나 혼자서는 많이 쓰지도 않더라고. 이왕이면 우주부에서라도 활용하길 바라는 마음으로 지금은 여기에 보관 중이지."

요컨대 우주부에 가입하면 이 천체망원경으로 실컷 천체를 관측할 수 있다. 이걸로 천체를 관측하면 얼마나 아름다운 세계가 보일까. 우주부 사람들이 어딘가 수상쩍다는 건 부정할 수 없지만, 담당 교사가 있으니 그렇게 난장판은 아닐 것이다.

나는 천체망원경에 홀려 자진해서 위험한 다리를 건너기로 결심했다. 이 젊은 혈기의 소치를 비웃어다오.

"저, 우주부에 가입할게요."

내 결단에 이노리와 다쓰미 선배가 반색했다. 이러는 동안에도 아마미야는 자기와 상관없는 일이라는 듯 잠만 잤다.

금성은 지구보다 안쪽 궤도에서 태양 주위를 도는 내행성이다. 금성은 태양이 곁에 있는 한편으로 금성이 햇빛에 사라지지 않을 만큼 어두침침한 시간대, 즉 새벽녘이나 저녁녘에만 관측이 가능하다. 예로부터 사람들은 새벽에 보이는 금성을 '계명성', 저녁에 보이는 금성을 '태백성'이라고 부르며 사랑해왔다. 해변에 펼쳐진 밤의 장막에 콕 찍힌 점 같은 금성은, 오늘 최대 광도인 만큼 다른 어떤 별보다 밝아 보였다.

시도 선생님이 자고 있던 아마미야를 깨웠다. 그리고 나를 포함한 우주부 네 명을 인솔해 학교 옥상으로 올라갔다. 내가 우주부에 가입했다는 사실을 이노리가 알렸지만, 아마미야는 별다른 반응을 보이지 않았고 별 따위에 흥미 없다는 듯 흐릿한 눈빛으로 그저 바다를 바라보았다. 아마미야가 무엇 때문에 우주부에 가입했는지 나는 도통 짐작이 가지 않았다.

"와, 금성은 초승달처럼 생겼네요!"

이노리가 옥상에 설치한 천체망원경을 들여다보며 감동한 목소리로 소리쳤다.

"금성은 내행성이라서 지구 근처를 돌 때는 뒤편에 태양이 비치거든. 그래서 지구에서는 초승달처럼 보이는 거란다."

담당 교사답게 시도 선생님이 자세히 설명해주었다.

바닷바람에 날리는 머리카락을 귀 뒤로 넘기던 이노리가 갑자기 이쪽으로 손짓했다.

머뭇머뭇 다가가 이노리가 권하는 대로 천체망원경을 들여다보았다. 그야말로 초승달처럼 생겼다. 금성은 대기가 두터워서 300만 엔짜리 천체망원경으로도 지표면은 관측할 수 없지만, 이걸로 충분했다.

한때는 대체 어떻게 되려나 싶었지만, 이노리 덕분에 이 멋진 광경을 볼 수 있었던 건 사실이다. 솔직히 이 천체망원경이 있다는 사실 하나만으로도 학교에 오는 일이 훨씬 즐거워졌다.

지금까지 이노리가 제멋대로 굴었던 걸 너그럽게 봐주어

도 되겠다는 생각이 들었다.

"예로부터 금성은 사랑의 별이라고 불렸단다." 시도 선생님이 나란히 앉아 금성을 관측하는 나와 이노리를 흐뭇하게 바라보며 말했다.

"금성은 너희랑 잘 맞네."

그렇게 말하며 선생님 옆에서 실실거리는 다쓰미 선배를 보고서야 나는 그 말의 뜻을 이해했다. 허둥지둥 이노리 곁에서 떨어져 부정하는 말을 꺼내려고 했다. 하지만 아주 기쁘게 웃는 이노리를 보자 어째선지 강하게 부정할 수 없었다.

다쓰미 선배와 아마미야는 집이 근처라 자전거로 통학한다. 이스미 철도로 통학하는 사람은 나와 이노리뿐이었다. 이노리의 집은 오타키 역보다 학교에 세 정거장 가까운 구니요시 역 근처라는 이야기를 한 시간에 한 대뿐인 전철을 같이 기다릴 때 들었다.

천체관측을 마치고 역으로 가다가 편의점에 들렀다. 이노리는 이 편의점 단골인지 대학생으로 보이는 아르바이트생과 반갑게 인사를 나누었다. 이노리는 편의점 과자 코너에서 오늘 아침에 먹었던 사과맛 막대사탕을 사서 입에 넣으며 말했다.

"실은 오늘 수업 시간에 계산해봤는데."

"어, 뭘?"

"말하자면 나와 구온이 운명적으로 만날 확률이랄까."

수업 시간에 대체 뭐하는 짓이냐고 생각하면서 나는 물었다. "그게 무슨 소리야?"

그러자 이노리는 보조 가방에서 노트를 꺼내 계산식으로 가득한 페이지를 보여주었다.

"일단 우주의 역사 138억 년분의 지구의 역사 46억 년에, 지구의 역사분의 호모사피엔스가 최초로 지구에 나타났다고 추정되는 인류의 역사 5만 년을 곱하고, 거기에 5만 년간 인류의 누계 인구수로 추정되는 1,080억 명분의 현재 세계 인구수 78억 명을 곱해야겠지? 거기에 현재 세계 인구수 분의 일본 인구수 1억 2,000만 명을 곱하고, 일본 인구수 분의 지바 현 인구……."

"자, 잠깐만. 그렇게까지 자세하게 계산한 거야?"

너무 놀라서 이노리를 빤히 쳐다보았다. 운명적인 사람을 만날 확률을 드레이크 방정식으로 계산한 영국 수학자도 여간 아니다 싶었지만, 우주의 시작부터 인류의 누계 인구수까지 고려해 진지하게 계산하는 이노리도 만만치 않았다.

"어, 그럼. 숫자로 표시해야 구온이 이해하기가 쉬울 것 같아서."

간다 이노리는 그 비과학적인 이름(성씨인 '간다'에는 귀신, 신령을 나타내는 한자 神이 들어가고, 이름 '이노리'에는 기도, 기원이라는 뜻이 있다-옮긴이)에 어울리지 않게. 이과녀 같은 소리를 했다.

"이해하기 쉽다니, 난 그런 부탁한 적 없는데."

"하지만 구온이 운명을 안 믿는다고 했잖아."

설마 내가 꺼낸 그 한마디 때문에 이런 계산을 했다는 건가. 그렇게까지 한들 이노리에게 무슨 이득이 있는 걸까. 미로에 빠져든 듯한 기분으로 멍하니 노트를 들여다보았다. 노트 끝부분에 이노리가 도출한 답이 적혀 있었지만, 소수점 다음에 0이 너무 많아서 헤아리기도 어려웠다.

"이게 운명이 아니면 뭐겠어?" 이노리는 의기양양한 표정으로 말했다.

확실히 우리가 이 지구, 이 시대, 지금 이 순간에 어깨를 나란히 하고 있다는 건 얼마나 어마어마한 기적인가. 조금 과장스럽지만 우연이라는 말은 너무 가벼운 표현일지도 모르겠다.

우리는 엄청난 확률을 뚫고 지금 여기에서 만났다. 그건 일리 있는 주장이다.

다만 내가 정말로 이노리의 운명적인 사람이 맞느냐는 것과 이건 별개의 이야기다. 다쓰미 선배, 아마미야, 시도 선생님과도 엄청난 확률을 뚫고 만난 건 마찬가지니까.

"그나저나 구온이 우주부에 들어와서 다행이야! 나랑 구온은 반이 다르니까 접점이 없잖아? 앞으로 나에 대해 더 알려주려고 해도 마음 편히 이야기를 나눌 곳이 있어야 하니까. 그리고 우주 이야기를 할 수 있는 친구가 늘어나서 정말 정말 기뻐!"

드디어 전철이 도착하고 동반석에 마주 앉은 후로도 이노리의 이야기는 끝나지 않았다.

키는 157센티미터, O형, 시력은 양쪽 눈 다 2.0, 생일은 2월 3일, 물병자리, 싱글맘 가정, 음대를 지망하는 똑똑한 중학생 여동생이 있으며 암고양이를 기르고 있다. 덧붙여 호기심이 왕성하고 책임감이 강하며 남을 잘 돌봐주는 성격이라고 자찬했다.

역사 속 인물 중에서는 뉴턴을 존경하고, 그 영향으로 최근에 사과에 푹 빠졌다고 한다. 그중에서도 사과맛 사탕을 아주 좋아해서 수업 시간에도 몰래 먹는다는 사실을 밝혔다.

이노리는 자기소개를 실컷 늘어놓은 후, "내일은 구온 차례야!" 하며 구니요시 역에서 일어섰다. 설마 내일도 같이 돌아갈 생각일까.

"그럼 내일 보자!"

이노리가 손을 흔들며 문으로 달려갔다. 이야기를 듣느라 말을 꺼낼 틈도 없었던 나는 엉겁결에 벌떡 일어나 이노리를 불러 세웠다.

"저기……."

이노리가 놀란 듯 돌아보고 고개를 갸우뚱했다.

"왜?"

"……고마워, 우주부를 소개해줘서."

내가 눈도 못 마주치고 고개를 숙인 채 고마움을 표현하자 이노리는 기쁘게 웃으며 "우주부에 온 걸 환영해!" 하고 발랄한 목소리로 말했다.

같은 말을 또 하는 것 같지만 전철은 한 시간에 한 대밖에 없다. 즉, 동아리 아침 연습이라도 가지 않는 한, 이스미 철도로 통학하는 학생은 모두 같은 시간에 전철을 탄다. 필연적으로 먼저 전철을 탄 내가 책에 푹 빠져 있는 동안 구니요시역에서 이노리가 전철을 탄다. 무슨 말인지 알겠는가.

요 2주간, 전철이 구니요시 역을 통과한 후로는 책을 단 한

줄도 읽지 못했다. 동아리가 같으니 돌아갈 때도 마찬가지다. 그리고 그사이에 내 주변에도 변화가 생겼다.

드디어 같은 반 아이가 수업과는 관계없는 내용으로 말을 걸었다.

"저기, 미쓰야. A반 간다랑 사귀어?"

나는 말문이 막혔다. 이노리가 아무 데서나 말을 거는 통에 전교에 소문이 난 모양이다.

좋은 의미에서 외모가 돋보이는 이노리가 나같이 의기소침한 남학생과 붙어 다녀서 신기한 모양이다. 게다가 이노리가 나와 사귄다고 선선히 인정해서 충격이 더 퍼져나갔다. 이제 내 반론에는 아무도 귀를 기울이지 않을 테지.

다만 그 일을 계기로 나는 조금씩 반 아이들과 대화를 나누게 됐다. 어째선지 남학생들은 선망의 눈빛을 보냈고, 여학생들은 내게 어떤 매력이 있는지 관심을 가지고 살펴보았다. 만약 그런 게 있다면 뭔지 내가 제일 알고 싶다.

학교가 끝나면 매일 동아리방인 물리실에 간다. 우주부 활동은 기본적으로 천체관측 결과를 기록하는 데 중점을 둔다. 십수 년 분량의 관측 노트도 보관 중인데, 아주 재미있다. 그해에 일어난 천체 쇼 관련 기록을 읽을 수 있다는 것만으로도 우주부에 가입한 가치가 있었다.

예를 들면 몇 년 전, 조만간 초신성 폭발을 일으킬 것으로 기대되는 오리온자리의 알파성인 베텔게우스의 광도가 갑자기 낮아지는 현상이 발생해 전 세계가 술렁거렸는데, 그 당시 광도도 철저하게 그래프로 기록했다. 비고란에 적힌 "드디어 오나!", "금세기 최고의 천체 쇼를 반드시 내 눈으로 확인하겠어!" 등등의 글로, 당시 부원들이 짐작하기 힘든 베텔게우스의 동향에 일희일비했음을 알 수 있었다.

당시 도쿄에서 나도 매일 베텔게우스를 찾아 하늘을 올려다보고 있었던 게 기억났다.

때로는 광전자증배관이라는 전구 같은 검출기를 안쪽에 가득 붙인 드럼통에 물을 채우고 미지의 물질인 '암흑 물질'이 검출되기를 기다리는 인내력 시험 같은 관측 실험을 하거나, 우주에 관한 의문을 시도 선생님과 토론하기도 했다. 그런 시간에 간다 이노리는 계속 질문을 던지고, 다쓰미 선배는 계속 놀라고, 아마미야는 계속 잔다.

우주부를 관찰하다 알아낸 사실이 있다. 부장인 다쓰미 선배는 우주에 대해 아는 게 거의 없다. 블랙홀이 거대한 항성의 죽음에서 비롯된다는 이야기에 깜짝 놀라는 수준이라, 아무리 기초적인 이야기에도 일일이 신선한 반응이 돌아온다. 듣기로 다쓰미 선배는 작년까지 야구부였다고 한다. 왜 우주부로 옮겼는지 자세하게는 모른다. 하지만 적어도 의욕만큼은 아마미야보다 넘쳤다.

그날도 평소처럼 학교가 끝나고 동아리방에 가자 다쓰미 선배가 엉뚱한 방향을 보며 벽에 공을 튕기고 있었다. 공은 전혀 쳐다보지 않고 한눈을 팔면서도 솜씨 좋게 공을 받아서 다시 벽에 던진다. 그런 선배와 함께 간다 이노리도 공에서 눈을 돌린 채 뭔가 중얼중얼하고 있었다.

묘한 광경을 보고 나도 모르게 말을 걸었다. "뭐하세요?"

"아아, 미쓰야. 이노리가 공을 보지 않고 벽에 던지다 보면 언젠가 벽을 통과할지도 모른다고 해서."

"벽을?"

다쓰미 선배가 들고 있는 고무공을 들여다보았다. 평범한 공으로 보인다.

"그게 무슨 소리야?" 나는 이노리에게 물어보았다.

"터널 효과라고 알아?"

예전에 읽었던 우주 관련 잡지에 그런 말이 나왔지만, 이해가 잘 안 돼서 대강 읽고 넘어갔다.

"터널 효과를 이해하려면 양자역학에 관해 기초 지식이

있어야 해."

때마침 동아리방에 들어온 시도 선생님이 우리 이야기에 끼어들었다. 물론 아마미야는 오늘도 자고 있다.

시도 선생님은 교단 앞에 서서 설명을 시작했다.

"양자역학이란 우주의 모든 물질을 구성하는 원자와 분자, 그러한 물질보다 더 작아서 더 이상 분해할 수 없는 '소립자' 등 눈에는 보이지 않는 작은 양자의 성질과 현상을 연구하는 학문이야. 즉, 우주의 근원을 다루는 학문이지. 우주가 어떻게 시작됐는지 연구하다 보면 양자역학은 절대로 피해서 지나갈 수 없어. 다만, 이 양자역학이라는 학문이 워낙 어려워서 말이야. 어떻게 어려운지 간단히 설명하자면, 양자역학의 세계에서는 우리의 상식이 통하지 않는 현상이 아주 많이 발생해. 그 때문에 몹시 난해해서 '양자역학을 완벽히 이해한다는 말 자체가 완벽히 **이해하지 못했다는 증거다**'라는 우스갯소리가 있을 정도지."

시도 선생님이 갑자기 다쓰미 선배에게 손을 내밀었다.

"다쓰미. 그 공, 이쪽으로 던져볼래?"

시키는 대로 다쓰미 선배가 던진 공을 선생님이 받았다.

"이 공을 전자라고 치자. 전자는 양자야. 양자역학에서 다루는 눈에 보이지 않을 만큼 작은 미시세계에서는, 거시세계에서 생활하는 우리의 상식으로 이해할 수 없는 현상이 종종 일어나. 결론부터 말할게. 미시세계에서는 이 공이 벽을 통과할 수 있어."

"네에?" 다쓰미 선배가 놀라서 얼빠진 소리를 냈다.

"왜 그런 일이 일어나느냐. 그건 양자 특유의 성질 때문이야. 작디작은 전자인 이 공이 지금 여러분 눈에는 알갱이처럼 보이겠지. 실제로 알갱이이기도 해. 유명한 아인슈타인이 증명한 사실이야." 시도 선생님은 공을 쳐든 채 말을 이었다. "덧붙여 이 공은 알갱이이면서 물결 같은 성질을 띠고 있어. 설명하려면 길어지니까 생략하지만, 그 역시 '이중 슬릿 실험'을 통해 물결이 아니면 일어날 수 없는 간섭무늬가 생기는 현상으로 증명됐지. 하지만 신기하게도 그 물결을 관측하려 하면 순식간에 알갱이 형태로 변해. 그래서 물결을 관측할 수 없지. 즉, 보지 않을 때는 물결처럼 활동하다가 보려고 하면 알갱이로 돌아가는 거야. 물결에 비유했지만, 더 정확하게 말하자면 물 한 방울이 보지 않는 동안만 안개 상태로 퍼지는 이미지랄까."

나는 물 한 방울이 수증기처럼 변해서 공기 속을 떠도는 모습을 상상했다.

"믿기 힘들겠지만 양자역학 세계에서는, 이유는 잘 모르겠으나 '그런 법'이라고 받아들여. 실제로 그렇게 받아들이고 계산하면 온갖 실험 결과를 정확하게 설명할 수 있거든."

보지 않을 때만 그렇게 변하다니 무슨 그런 일이, 하고 다쓰미 선배가 호들갑스럽게 목소리를 높였다.

확실히 우리가 살아가는 거시세계에서 보지 않을 때만 변화하는 물체가 있다는 소리는 들어보지 못했다.

"긴가민가하지? 하지만 그게 양자역학의 기초야. 보지 않을 때 전자는 마치 분신술을 쓴 것처럼 동시에 여러 상태가 중첩된 상태로 존재해. 그렇게 보이는 게 아니라, 실제로 확률이 안개처럼 퍼져 있다가 관측한 순간 파동이 입자로 돌아가면서 여러 확률 중 한 가지 결과로 확정되지."

다쓰미 선배는 미간에 깊은 주름을 잡았다. 이해가 잘 안 되는 모양이었다.

"예를 들어 다쓰미가 전자라면, 지금 넌 안쪽 오른편 자리에 앉아 있지만 아무도 보지 않을 때는 이 교실 모든 자리에 앉아 있을 확률이 있다는 뜻이야. 더 엄밀하게 말하자면 다쓰미는 이 교실뿐만 아니라 복도에도 존재할지 몰라."

"어, 복도에요?"

선생님은 고개를 끄덕이며 말을 이었다. "만약 다쓰미가 이 공을 벽 너머로 보내려고 한다면, 엄청난 속도로 공을 던져서 벽을 부수는 수밖에 없겠지. 하지만 전자는 그런 에너지를 가하지 않아도 때때로 자신의 전위를 넘어서 갇혀 있는 상자, 엄밀하게는 전위 장벽이라는 장벽을 통과하기도 해. 마치 **벽에 보이지 않는 터널**이 뚫린 것처럼 말이지. 그 현상을 바로 '터널 효과'라고 해. 이건 전자에 파동성이 있어서 일어나는 현상이야. 관측하지 않을 때 상자 속의 전자는 안개처럼 퍼져서 여러 개 존재하지. 확률은 낮지만 벽 바깥으로 배어나듯 퍼져나가기도 하고. 아무 에너지도 가하지 않았는데 신기하지? 물론 우리가 살아가는 거시세계에서는 거의 100퍼센트 그런 현상이 일어나지 않아. 이 공이 교실 벽을 통과할 가능성도 아주 낮고. 사실상 거의 제로야. 하지만 **거의** 100퍼센트라는 거지, 100퍼센트 그렇다는 건 아니야. 왜냐하면 우주에 존재하는 모든 물질은 양자의 집합체고, 파동성을 갖추고 있으니까. 그러니 이 공을 정신이 아득해질 만큼 계속해서 벽에 던지다 보면 언젠가……. 간다, 그런 이야기를 한 거지?"

"맞아요!" 이노리가 고개를 크게 끄덕이며 동의했다.

나는 그제야 이해했다. 우주를 좋아한다고 해도 나는 천문학 방면으로 흥미가 있지만, 아무래도 이노리는 우주를 좋아하다가 양자역학 쪽에 흥미가 생긴 모양이다. 과연, 그래서 운명의 확률이니 뭐니 세밀하게 계산하고 싶어 하는 거구나.

하지만 다쓰미 선배는 혼란이 가시지 않는 듯 여전히 찌푸린 표정이었다.

"아하하, 다쓰미. 이해하지 못해도 괜찮아. 아인슈타인은 물론, 양자가 파동이라고 제창한 슈뢰딩거 박사 본인조차도 완벽하게 해명하지 못하고 세상을 떠났는걸. 양자역학의 세계는 그만큼 상식이 통하지 않는 영역이야."

관측할 때까지 물체의 상태가 확정되지 않는다는 양자역학의 확률 해석에 대해 "신은 주사위를 던지지 않는다"라고 아인슈타인이 비판한 건 아주 유명한 일화다. 인과율이 작동하지 않는, 일반적인 상식에 어긋난 양자의 움직임을 아인슈타인은 받아들일 수 없었다.

"말이 나온 김에 양자역학에 관련해 유명한 이야기를 하나 더 해보자." 선생님은 공을 다쓰미 선배에게 던져주면서 말했다. "슈뢰딩거의 고양이'라는 사고실험이 있어. 지금 여기에 한 시간 안에 50퍼센트 확률로 붕괴하는 방사성 원자와 그걸 관측하는 방사선량 측정 장치가 들어 있는 불투명한 상자가 있다고 치자. 이 측정 장치는 방사성 원자가 붕괴한 걸 감지하면 청산 가스를 내뿜어."

시도 선생님은 그렇게 말한 후, 칠판에 네모난 상자와 장치 같은 그림을 그렸다.

"이 상자에 **살아 있는 고양이**를 넣고 뚜껑을 닫은 후 한 시간 동안 방치해. 50퍼센트 확률로 방사성 원자가 붕괴해서 청산가스가 발생하면 당연히 고양이는 죽겠지. 붕괴하지 않으면 한 시간 후에도 살아 있을 테고."

시도 선생님은 상자 그림 속에 살아 있는 고양이와 죽은 고양이를 그렸다.

"방사성 원자 붕괴는 양자의 세계에서 일어나는 현상이니까, 상자 속에는 원자가 붕괴하지 않은 상태와 붕괴한 상태가 중첩되어 있겠지. 즉, 뚜껑을 열어서 관측할 때까지 상자 속의 고양이가 살아 있는 상태와 죽은 상태가 공존하는 셈이야."

"그게 가능한가요?" 나는 무심코 물었다.

"이상하지? 애당초 이건 양자역학의 불완전함을 지적하기 위해 고안된 사고실험이야. 현재 기술로는 이런 상자를 실제로 만들 수 없고, 확인할 방법도 없지. 그렇더라도 양자의 상식을 적용하면 이 결과를 부정할 수 없어."

다쓰미 선배의 표정이 더 구겨졌다.

솔직히 나도 도중부터 시도 선생님의 말을 완벽하게 이해하는 걸 포기했다. '완벽하게 이해한다는 말 자체가 완벽히 이해하지 못했다는 증거'라면 이 세상에 양자역학을 정말로 이해하는 사람은 없다는 뜻이다. 즉, '잘은 모르겠지만 그런 법이다'라고 이해하는 수밖에 없다.

그때 갑자기 낯선 목소리가 뒤에서 날아들었다.

"그럼 만약 그 상자에 고양이 말고 사람을 넣은 후 어딘가에 방치했다고 치죠. 한 시간이 지나, 상자를 발견한 사람이 뚜껑을 열었을 때 상자 속 사람이 죽었다면, **상자에 넣은 사람과 상자를 연 사람** 중 누가 살인범이라고 할 수 있나요?"

돌아보자 아까까지 자고 있었던 아마미야가 손바닥에 턱을 괸 채 단정하지 못한 자세로 앉아 있었다. 웬일로 일어나서 동아리 활동에 참여했나 싶었더니, 질문이 아주 흥흥하다.

아마미야의 질문에 시도 선생님은 팔짱을 끼며 작게 앓는 소리를 냈다.

"으음, 그러게. 어려운 질문이로구나. 틀림없이 앞쪽은 살인 미수에 해당하겠지만……. 다만 살았는지 죽었는지는 어디까지나 뚜껑을 열어서 관측한 시점에 확정되니까, 뚜껑을 연 사람이 만약 그 실험에 대해 알고서 열었다면 살인에 해당할지도 모르겠네."

"어, 왜요?" 이노리가 이해가 안 된다는 듯 목소리를 높였다.

"상자 속 상태는 뚜껑을 열어서 관측했을 때 확정돼. 그렇다면 상자 속 사람이 죽은 경우, 죽음이 확정된 건 상자를 연 순간이겠지. 요컨대, 상자 속 사람의 죽음을 확정한 건 상자에 넣은 사람이 아니라, 상자를 연 사람인 셈이야."

"그럼 도와주려고 뚜껑을 열어도 살인범이 될 수 있다는 건가요?" 이노리가 눈을 동그랗게 뜨고 물었다.

"과학적 사실만으로 심판을 내린다면 그럴지도 모르지."

"그런 게……." 이노리가 불만스럽게 중얼거렸다.

"그럼 살인범은 상자를 연 사람이고, 상자에 넣은 사람은 상자 속 사람이 죽어도 살인죄는 아니라는 거죠?" 아마미야가 또 물었다.

물리 교사에게 그런 질문을 해서 뭘 어쩌자는 건가 싶어 나는 아마미야를 미심쩍게 바라보았다.

"법률적으로 어떤지 따진다고 해도, 실제 사례가 없으니 어렵구나. 하지만 살인죄가 아니라고 딱 잘라 말할 수는 없겠지."

"그럼 만약 살인죄를 묻지 않는다면, 그야말로 완전범죄네요." 아마미야는 그렇게 말하고는 으스스한 웃음을 지었다.

역시 아마미야와는 그다지 엮이지 않는 편이 좋을 것 같다.

"한눈에 반해서 결혼에 골인한 커플이 전체의 몇 퍼센트인지 알아?"

동아리 활동 중에 묵묵히 천체관측 결과를 기록하는 내 옆에서 이노리가 느닷없이 희한한 질문을 던졌다.

"그러는 넌 알아? 남이 말을 걸어서 업무가 2초만 방해돼도, 실수가 배로 늘어나서 작업 효율이 낮아진다는 연구 결과가 있어."

"그렇게 실수가 늘어난다면 아예 한 번 중단하는 편이 낫겠네."

"그런 걸 궤변이라고 하는 거야."

"그럼 듣기 싫어? 한눈에 반해서 결혼에 골인한 커플의 비율."

아마미야 쪽을 힐끗 보았다. 확인할 필요도 없이 그는 오늘도 자고 있다. 아까 화장실에 간 다쓰미 선배도 돌아올 낌새가 없다. 정말 한없이 자유로운 동아리다.

나는 한숨을 푹 내쉰 후 펜을 내려놓고 고개를 돌렸다.

"아니, 듣고 싶어."

그런 통계를 어디서 주워들었느냐 하는 의문은 제쳐놓고, 한눈에 반했다는 이유로 교제를 강요당하고 있는 나로서는 나름대로 흥미로운 주제였다. 통계에 따라서는 한눈에 반한다는 것이 얼마나 얕은 감정인지 증명될지도 모른다.

내가 귀를 기울이자 이노리는 기쁜 표정으로 입을 열었다. "137쌍의 부부를 대상으로 연구한 결과에 따르면, 한눈에 반해서 결혼에 골인한 커플은 전체의 43퍼센트래. 즉, 한눈에 운명적인 사람을 찾아낼 확률은 꽤 높은 셈이지."

의외였다. 한눈에 반한 사랑은 좀 더 가볍고 얕을 줄 알았는데. 하지만 운명적인 사람을 들고나온다면 이야기는 별개다.

"하지만 배우자를 운명적인 사람이라고 단정하는 건 너무 단순한 생각 아닐까? 요즘은 부부 중 3분의 1이 이혼하는 시대야."

"그럼 구온은 결혼할 때 이 사람은 내 운명적인 사람이 아닐 거라는 생각으로 결혼할 거야?"

"그건⋯⋯."

"그렇지? 적어도 다들 그때는 운명적인 사람이라고 믿어."

"애당초 네가 말하는 운명적인 사람의 정의는 뭐야?"

이노리는 잠깐 생각하는 표정을 짓다가 말했다. "……죽을 때 마지막으로 생각나는 사람 아닐까."

그 말을 들었을 때, 운명을 바라보는 나와 이노리의 인식이 다르다는 사실을 깨달았다.

나는 운명이라는 말로 만사를 간단하게 정리하는 게 싫다.

부모님이 죽은 것도 운명, 혼자 남겨진 것도 운명, 부모님 몫까지 살아가는 것도 운명. 많은 어른들이 나를 격려하려고 그런 말을 했다. 고작 열 살짜리 아들을 남겨두고 가버린 부모님의 죽음을, 그 사고를, 운명이라는 말 한마디로 정리하다니 도저히 용납이 안 됐다.

분명 지나간 과거는 아무리 억울해도 되돌릴 수 없다. 그래서 사람은 과거를 놓아두고 앞으로 나아가기 위해 **운명**이라는 마법 같은 말을 꺼내 드는 것이다. 이 마법 같은 말만 있으면 과거의 잘못이나 후회에 특별한 의미가 있는 것처럼 속이고, 자신의 사정에 맞게 해석할 수 있으니까.

이노리가 보낸 편지를 처음 보았을 때, 운명적인 사람이니 뭐니 경박한 내용이 적혀 있어서 진심으로 뜨악한 기분이었다. 지금까지 나에게 운명을 언급하던 사람들과 같은 부류가 아닐까 싶었기 때문이다. 하지만 이노리는 결코 과거 또는 뭔가에 핑계를 대고자 그 말을 입맛에 맞게 사용하려는 게 아니었다. 운명의 확률을 진심으로 수치화하려 했을 정도다. 이노리가 지금까지 만난 그 누구보다도 '운명'이라는 말의 참뜻에 다가서려 애쓴다는 것을 알 수 있었다.

하지만 그렇다면 이노리가 나를 운명적인 사람이라고 단정하는 이유를 더욱 모르겠다. 기껏해야 한눈에 반한 상대가 죽을 때 떠오를까.

"네가 죽을 때 마지막으로 떠오를 그 사람은, 네게 뭘 해준 사람인데?"

이노리가 내게 한눈에 반한 이유를 알아내려고 일부러 에둘러서 물어보았다. 그걸 눈치챘는지 못 챘는지, 이노리는 당연하다는 듯 대꾸했다.

"그야 내 인생을 바꿔준 사람이지."

머릿속의 물음표가 더 커졌다. 당연하지만 그렇게 거창한 일을 해준 기억은 없기 때문이다.

"……저기, 혹시 나를 다른 사람이랑 착각한 거 아니야?"

그러자 이노리는 나를 빤히 바라보며 생뚱맞은 소리를 했다. "그러고 보니 구온은 도쿄에서 이사 왔지?"

"어, 그런데."

"좋아, 그럼 오늘은 이만 돌아가자!"

"뭐?"

이노리가 작성 중이던 관측 노트를 갑자기 덮더니, 나를 억지로 일으켜 세우고는 펜 대신 가방을 들려주었다. 자고 있는 아마미야를 내버려둔 채 나는 끌려가다시피 학교를 나섰다.

저항도 헛되이 역에 도착하자, 벤치에 나란히 앉아 한 시간에 한 대뿐인 전철을 기다렸다.

언제부터인가 우리는 당연하다는 듯 함께 하교하게 됐다.

전철을 기다리는 동안에도 이노리는 여전히 말이 많다. 하늘은 왜 푸른가, 닐 암스트롱은 정말 달에 갔는가, 더 나아가 외계 생명체는 있는가 없는가 등 화제는 다양하다.

이노리는 늘 진지하게 이 세상의 진리와 마주하려 든다. 가끔 내가 아는 우주 잡학을 선보이면 이노리가 눈을 반짝이며 감탄해서 어쩐지 쑥스러운 기분이 들었다.

지금까지 남과 이렇게 오랫동안 이야기를 나눈 적은 없었다. 하지만 화제가 부족하기는커녕, 팽창하는 우주처럼 이노리가 차례차례 화제를 꺼내놓는 덕분에 대화가 끊길 줄 몰랐다.

전철을 타고 돌아가는 길에 이노리가 느닷없이 물었다.
"저기, 아직 시간 더 있어?"

스마트폰으로 시간을 확인했다. 오후 5시가 좀 지났다.

오늘은 다른 볼일 없이 바로 집에 가니까 시간은 있다. 하지만 머릿속에 뭔가 번뜩인 듯한 이노리의 표정에 기시감을 느끼고 눈살을 찌푸렸다.

"구온을 데려가고 싶은 곳이 있어. 나만의 비밀 장소야."

이노리는 내 팔을 붙잡고 구니요시 역에 내린 후에야 목적을 알려주었다. 다시 말하지만 전철은 한 시간에 한 대뿐이다. 즉, 그 순간 싫든 좋든 내게는 한 시간의 여유가 생겼다.

이노리는 구니요시 역의 자전거 주차장에 세워둔 자전거를 끌고 와서 내게 손잡이를 맡겼다. 뭘 어쩌라는 건가 싶어 나는 이노리의 얼굴을 바라보았다.

"구온이 앞에 탈 거지? 아무래도 남자니까."

"뭐?"

"자, 빨리!"

재촉에 못 이겨 자전거에 올라타자 이노리가 갑자기 뒤에서 내 허리를 끌어안았다.

"잠깐…… 뭐하는 거야?" 당황해서 언성을 높이며 돌아보았다.

"보면 몰라? 같이 타고 가자는 거잖아. 내가 뒤에서 안내할 테니까, 운전 잘 부탁해!"

"그런……."

생각지도 못한 일에 심장 박동이 단숨에 빨라졌다. 이런 상황에서 건강하고 평범한 남고생이 아무것도 의식하지 않기가 더 어렵다.

"첫 데이트네."

이노리가 태평하게 웃자 나도 모르게 한숨이 크게 나왔다. 변함없이 제멋대로인 녀석이다.

하지만 여기서 정색하며 반응해봤자, 이노리를 의식하고 있다는 사실이 들통나서 창피를 당할 뿐이다. 나는 하는 수 없이 강인한 정신력을 발휘해, 나 자신을 무의 경지에 몰아넣고 페달을 밟았다.

이노리를 자전거에 태운 채, 주변에 바람을 일으키며 전원 풍경 속을 달려갔다. 사방에서 풍겨오는 푸릇푸릇한 논의 풋내가 코를 스쳤고, 타오르듯 붉은 서쪽 하늘에는 오늘도 제일 일찍 뜨는 별인 금성이 반짝이고 있었다.

등 뒤에서 전해지는 기척 때문에 가슴은 여전히 두방망이질 쳤지만, 사람의 온기를 이렇게 가까이에서 느끼기는 부모님이 돌아가신 후로 처음이다. 묘하게 그리운 기분이었다. 이노리의 몸은 가볍고 내 허리를 끌어안은 팔은 가늘어서, 이러다 자전거에서 튕겨 나가는 게 아닐까 조마조마했다. 그래서 날 좀 더 세게 붙잡고 있길 바랐다.

이노리의 길 안내에 따라 계속 달리자, 갑자기 눈앞에 어떤 광경이 나타났다. 왠지 이노리가 말했던 비밀 장소는 여기라는 직감이 들었다.

전원 풍경 속에 우뚝 솟은 커다란 삼나무였다. 10미터는 족히 넘을 그 거대한 나무 앞에 마치 다른 세계로 통하는 입구처럼 도리이(신사의 입구에 세우는 기둥 문으로 신성한 곳이 시작됨을 알리는 관문-옮긴이)가 서 있어서, 신령한 분위기를 자아냈다. 이노리가 자전거에서 내려 커다란 삼나무로 걸어갔다. 나도 자전거를 세워놓고 따라갔다. 삼나무 옆에 설치된 아담한 안내판에는 '요리토모의 젓가락 삼나무'라고 적혀 있었다.

한 그루인 줄 알았던 커다란 삼나무는 밑동이 두 줄기로 나누어져 있었다. 옛날에 미나모토노 요리토모(1147~1199, 일본 최초의 막부 체제인 가마쿠라 막부를 세운 초대 쇼군-옮긴이)가 여기서 밥을 먹었을 때, 땅에 꽂은 젓가락이 두 줄기 삼나무로 자라났다는 이야기가 전해 내려오는 모양이었다.

이노리는 도리이 앞에서 머리를 깊이 숙여 예를 갖춘 후, 도리이를 통과해 삼나무를 등지고 쪼그려 앉았다.

"이리 와."

이노리가 손짓하길래 나는 이노리를 흉내 내 예를 갖추고 머뭇머뭇 이노리 옆에 앉았다.

머리 위로 넓게 펼쳐진 삼나무의 잎과 가지가 우리를 감싸 안듯이 내려다보았다. 그 넘치는 포용력에 어째선지 부모님이 생각났다.

붉게 물들었던 하늘에 어느 틈엔가 밤의 장막이 쳐졌다. 가로등이 거의 없는 이 동네에 달빛이 비쳤다. 여기 있으니 우주의 일부로서 존재가 긍정되는 듯한, 그저 가는 세월을 헤아리고 있으면 뭐든지 용서될 듯한 평온한 기분이 들었다.

나는 대번에 여기가 좋아졌다.

이노리가 호주머니에서 사과맛 사탕을 꺼내서 내게도 하나 주었다. 우리는 사탕을 녹여 먹으며 한동안 조용히 달을 바라보았다.

"보름달이 왜 깔끔한 원 모양으로 보이는지 알아?"

이노리가 아무 말도 없이 조용히 있길래 내가 먼저 말을 걸었다. 그러자 이노리가 나를 바라보고 고개를 갸우뚱하더니 되물었다.

"달과 태양이 지구를 사이에 두고 일직선상에 있어서 그런 거 아니야?"

"그건 그렇지만, 보통 공의 정면에서 빛을 비추면 중심이 제일 밝고 가장자리에는 조금 그늘이 지지. 하지만 보름달은 가장자리까지 빛나서 마치 평면에 그린 동그라미처럼 보이잖아. 왜 그런지 아느냐는 거야." 나는 밤하늘에 빛나는 보름달을 가리키며 설명했다.

"지금까지 전혀 궁금하지 않았는데, 듣고 보니 보름달은 평면처럼 보이네. 왜 그런데?"

"달 표면을 덮은 레골리스가 태양 빛을 반사해서 빛나기 때문이래."

"레골리스라면 달의 모래였던가?"

나는 약간 의기양양하게 고개를 끄덕이며 말했다. "응. 레골리스는 아주 고운 모래야. 그게 태양 빛을 사방팔방으로 반사해서 가장자리까지 환해 보이는 거래."

"역시 구온은 굉장해! 앞으로 보름달을 볼 때마다 생각나겠네."

이노리가 워낙 감격해서 나 또한 보름달을 볼 때마다 오늘 밤 일이 생각날 것 같았다. 물론 이노리 앞에서 그런 말은 꺼내지 않았지만.

"구온은 언제부터 우주를 좋아했어?"

숨길 일도 아니어서 이노리의 질문에 솔직하게 대답했다.

"부모님이 살아 계실 때 페르세우스자리 유성군을 보러 같이 갔었어. 그때의 추억을 잊을 수 없어서 지금도 우주만

쫓아다니고 있지."

"그건, 부모님과 함께한 추억이라서야?"

"글쎄, 하지만 우주를 생각하면 이런 일이고 저런 일이고 어찌 되든 상관없다고 할까. 그런 감각이 기분 좋게 느껴졌어. 어쩐지 안심이 되더라고. 그 어떤 위대한 인물이라도 우주 앞에서는 모두 평등하게 작은 존재니까."

내 말에 이노리는 몹시 공감한 듯했다.

"무슨 말인지 알겠어. ……그럼 나도 올해 페르세우스자리 유성군을 구온과 함께 보면 좋겠다."

이노리가 어깨를 움츠리고 미소 지었다.

페르세우스자리 유성군은 매년 7월 20일경부터 8월 20일경까지 관측이 가능하다. 부모님이 돌아가신 후로는 늘 혼자서 유성군을 보았지만, 어쩌면 올해는 혼자가 아닐지도 모른다. 그렇게 생각하자 어째선지 마음이 조금 편해지는 것 같았다.

"넌 왜 우주에 흥미가 생겼어?"

내 물음에 이노리는 잠깐 입을 다물었다가 나직이 중얼거렸다.

"……구온은 사라지고 싶었던 적 있어?"

나는 잘못 들었나 싶어 무심코 되물었다.

"뭐라고?"

"난 말이야, 사라지고 싶을 때 여기 와." 이노리가 달을 올려다보며 불쑥 말했다.

평소 인상과는 동떨어진 이노리의 예상치 못한 말에 나는 당황해서 물었다. "왜?"

"여기 오면 뉴턴이 된 기분을 맛볼 수 있으니까."

"뉴턴이라면, 과학자 아이작 뉴턴 말이야?"

이노리는 고개를 끄덕이며 말했다. "뉴턴은 나무에서 떨어지는 사과를 보고 왜 달은 떨어지지 않을까 생각하다 만유인력을 발견했다잖아. 지금 그런 기분이야."

……무슨 소리인지 통 모르겠다. 그리고 여기는 삼나무 아래다.

"지금 그때 뉴턴이 본 것과 똑같은 달을 보고 있다고 생각하면 어쩐지 가슴이 벅차오르지 않아?"

다시 달을 올려다보았다. 적어도 나는 달을 아무리 많이 봐도 왜 떨어지지 않느냐는 의문을 품지 않을 테니, 역시 뉴턴은 위대하다. 뉴턴에게 경의를 표하며 나는 그러게, 하고 중얼거렸다.

"하지만 뉴턴도 우리가 보지 않는 동안 저 달이 저기 존재하지 않을지도 모른다는 생각은 하지 않았겠지." 이노리가 말했다.

양자역학을 적용하면 가능성은 아주 낮지만, 확실히 달이 존재하지 않을 수도 있다. 뉴턴이 살았던 시대에는 아직 양자역학의 초석이 다져지지 않았으니 뉴턴도 당연히 몰랐을 것이다.

"달도…… 나도 아무도 보지 않을 때는 여기 없을지도 모르지." 이노리가 천천히 나를 바라보며 말했다.

어째선지 조금 서글프게 흔들리는 이노리의 눈동자를 본 순간, 나는 당황해서 어쩔 줄 몰랐다. 뭔가 그럴싸한 말이라도 한마디 해야 한다는 건 알지만, 아무 말도 떠오르지 않았다. 우주에 관해서는 할 말이 다소나마 있지만, 여자의 마음을 달래려면 뭐라고 해야 할지 전혀 모르겠다.

"구온, 눈 감아봐."

"왜?"

"묻지 말고 감아봐."

난처했지만 어쩔 수 없이 눈을 감았다.

대체 뭘 하려는 건지 짐작도 가지 않아 내심 가슴이 두근거렸다.

그러자 옆에서 이노리가 작게 속삭였다. "……어때? 나, 사라진 것 같아?"

나는 잠시 생각한 후 대답했다. "목소리가 들리니까 있는 거겠지."

"아, 그렇구나. 그럼 조용히 있을게."

그 후로 이노리는 진짜 한마디도 하지 않았다. 그러자 어렴풋한 밤의 기척과 눈꺼풀 안쪽의 칠흑 같은 어둠만이 내 앞에 펼쳐졌다. 매일 밤 잠들기 전에 보는 광경과 똑같을 텐데, 어째선지 여기선 눈을 감고 나타난 세계가 몹시 무미건조하게 느껴졌다.

"……이제 눈 떠도 돼?"

대답이 없어서 머뭇머뭇 눈을 뜨자, 이노리는 여전히 옆에 앉아 나를 바라보고 있었다.

그 모습을 보자 왠지 안도감이 밀려왔다.

"나, 사라졌었어?" 이노리가 또 속삭였다.

눈을 감은 동안, 이노리가 곁에 있었는지 사라졌는지 알 수가 없어서 "모르겠어" 하고 솔직히 대답했다.

"……그렇구나." 이노리는 느릿느릿 일어서서 몸을 빙글 돌렸다. "이만 갈까. 전철 끊기겠다."

그리고 그대로 도리이를 지나 자전거로 걸어갔다.

쫓아가려고 나도 허둥지둥 일어섰다. 가로등도 별로 없어 캄캄한 가운데, 조금만 멀어져도 이노리의 뒷모습이 어두운 밤에 녹아들어 이번에야말로 정말로 사라져버릴 것만 같아서 숨을 삼켰다.

얼른 이노리의 뒷모습에 말을 던졌다. "저기……."

이노리가 내 목소리를 듣고 돌아보았다.

"아까 네가 사라졌는지는 모르겠지만."

충동적으로 거기까지 말한 후 말문이 막혔다. 이다음 말에 이노리가 난처해하지는 않을까.

딱히 이노리를 여자친구로 인정한 건 아니다. 내가 단둘만의 시간을 만든 것도 아니고, 이보다 가까운 관계를 원하는 것도 아니다. 느닷없이 고백을 받은 그날부터 매일 질리지도 않고 붙어 다니는 이노리를 상대해주고 있을 뿐이다. 하지만 이노리의 입에서 '사라지고 싶다'는 말이 나왔을 때는 충격을 받았다.

부모님이 돌아가신 후, 같은 생각을 수없이 많이 했으니까 이노리가 어떤 심정인지는 잘 안다. 그래서 이노리가 그런 마음을 품지 않길 바랐다. 이노리는 나 대신 한없이 밝은 세상에서 웃으며 지냈으면 했다. 이게 어떤 감정인지는 나도 잘 모르겠다. 아무튼 그렇기에 아까 내가 느낀 바를 전해보기로 마음먹었다.

"……나는 눈을 감아도 네가 옆에 있으면 좋겠다고 생

각했어.”

어쩌면 이노리가 나를 좋아한다는 일종의 자만심이 마음 한구석에 있었는지도 모른다. 그리고 이런 말을 한들 아무 도움도 안 될 것이다. 그래도 진심이었다.

말을 마치자 창피한 나머지 재빨리 자전거에 올라탔다. 이 노리가 아무 말도 없이 아까처럼 내 허리를 꼭 끌어안았다. 또 가슴이 쿵쿵 뛰었지만 아무렇지도 않은 척 페달을 밟으 려 했을 때였다.

“……고마워.” 이노리가 뒤에서 나지막이 속삭였다.

목소리가 떨리는 것 같았지만, 아마 잘못 들었으리라.


……그리고 그해 여름.

간다 이노리는 집에서 사람을 죽이고 실종, 내 앞에서 홀 연히 자취를 감춘다.

# Episode 2

## 사랑에 빠질 확률

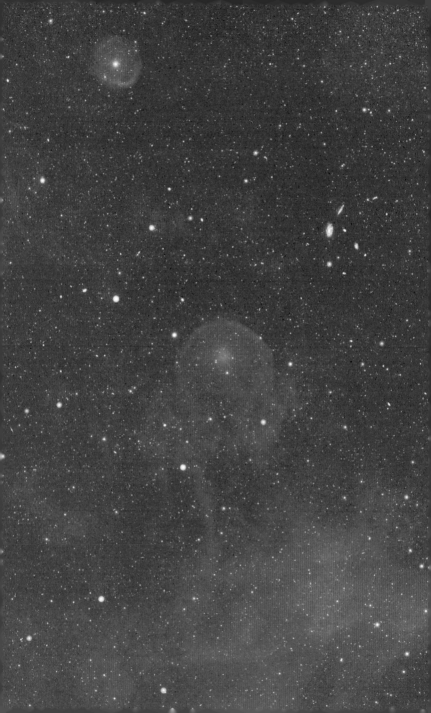

5월 하순 금요일, 동아리방에서 다쓰미 선배와 이노리가 친목회를 열자고 제안했다.

"5월 말에 다쓰미 선배의 생일이 있으니까 축하도 할 겸."

이노리는 그렇게 말하며 '반딧불이 축제'라고 적힌 전단지를 내게 내밀었다.

5월부터 6월 사이에 이스미 시 곳곳에서 반딧불이를 볼 수 있다는 건 나도 안다. '반딧불이의 고장'이라는 관광 명소가 있을 만큼 이스미 시는 반딧불이로 유명하다.

"하늘만 보지 말고, 가끔은 아름다운 지구에도 눈을 돌리자는 거지!" 다쓰미 선배가 의기양양하게 엄지손가락을 세우며 말했다.

그래서야 우주부 친목회라고 할 수 있을까 싶었지만, 기본

적으로 연장자에게는 대들지 않는 것이 내 기본자세다.

책상에 푹 엎드려 잠든 아마미야를 힐끔 쳐다보았다. 과연 재도 올까.

결국 그날, 우리 네 명은 다 함께 반딧불이 축제를 보러 갔다.

선배와 아마미야의 자전거를 타고 가기로 했는데, 다쓰미 선배가 괜한 배려를 하는 바람에 나는 또 이노리와 한 팀이 됐다. 이노리가 당연하다는 듯 내 허리에 팔을 둘러서 심장이 요동쳤다. 요즘 평온하고 무사한 일상과 거리가 멀어진 기분이다.

다쓰미 선배가 잠이 덜 깨서 눈빛이 흐리멍덩한 아마미야를 뒤에 태우고 앞장서서 시원스럽게 달려갔다. 나는 운동부였던 다쓰미 선배에게 뒤처지지 않도록 잡념을 떨쳐내고 이마에 땀을 흘리며 열심히 페달을 밟았다. 이노리의 말 상대를 하는 한편으로, 다쓰미 선배 뒤에 앉아 나른한 듯 하품을 하며 하늘을 올려다보는 아마미야를 바라보았다. 저녁 햇살을 받은 아마미야의 머리털이 사자 갈기처럼 황금색으로 빛났다.

잠시 후 반딧불이를 감상하는 곳에 도착하자, 외진 촌 동네가 맞나 싶을 만큼 사람들이 많이 보였다. 이 시기에는 반딧불이를 보러 관광객이 멀리서도 찾아오는 모양이다.

자전거를 세우고 관광객이 많이 모인 곳을 살펴보았다.

선명한 녹색 빛이 어스름한 논밭 주변을 마치 느릿느릿한 유성처럼 날아다니고 있었다. 날이 저물자 녹색 빛이 더 늘어나서 아름다운 경관을 더 환상적으로 비추었다. 만약 어렸을 적에 부모님과 유성군이 아니라 여기의 반딧불이를 보러 왔다면, 지금쯤 나는 곤충 도감을 보물로 여기고 있었을지도 모르겠다고 진심으로 생각했다.

"지상도 제법 쓸 만하네."

옆에 있던 이노리가 나를 돌아보며 미소 지었다. 이번만큼은 동감이었다.

"반딧불을 죽은 사람의 영혼에 비유하는 이유를 어쩐지 알 것 같아. 영혼은 분명 이렇게 예쁘겠지."

이노리의 이야기를 듣다가 문득 다쓰미 선배가 신경 쓰였다. 반딧불이에 푹 빠진 이노리의 반대편 옆쪽에서 선배는 어쩐지 구슬픈 표정으로 조용히 반딧불이를 바라보고 있었다. 마치 정말로 성묘라도 온 것처럼 비애 어린 분위기를 풍겼다. 늘 쾌활한 표정으로 분위기를 띄우는 선배답지 않았다.

내 시선을 느꼈는지 다쓰미 선배가 이쪽을 보았다. 무상함으로 가득한 그 눈동자를 보고 나는 얼른 눈을 돌렸다. 봐서는 안 될 걸 본 듯한 기분이었다. 너무 지나친 생각일까. 물론 쓸데없는 걱정일 가능성은 있다.

그렇지만 동시에 느껴지는 이 기시감은 뭘까 고민하다가 바로 생각났다. 이노리가 '사라지고 싶다'고 했을 때 느껴졌던 암담한 감정과 비슷했다. 내가 몰랐을 뿐, 두 사람 다 평소와는 다른 얼굴을 가지고 있는 걸까.

"아, 역시 아사히 맞네."

갑자기 가까이에서 목소리가 들려와 나뿐만 아니라 이노리와 다쓰미 선배도 동시에 돌아보았다. 대학생으로 보이는 남자가 다쓰미 선배 옆에 구부정하게 쪼그려 앉아 있던 아마미야에게 말을 걸고 있었다.

쾌활하고 싹싹한 인상이 익숙했다. 어디선가 본 적 있는 남자다.

"앗, 편의점 아르바이트생이다."

옆에서 이노리가 꺼낸 말을 듣고 나도 생각났다. 그는 이노리가 늘 사과맛 사탕을 사는 편의점의 아르바이트생이었다.

"아아, 넌 사과맛 사탕을 사는…… 혹시 내 동생 친구니?"

"어, 설마 아사히의 형이었어요?" 이노리는 눈을 동그랗게 뜨고 물었다.

"이런 우연이 다 있네. 아사히가 웬일로 친구와 함께 있나 싶어서 놀랐어. 동생을 잘 부탁해." 아마미야의 형은 공손하게 머리를 숙이며 말했다.

"그랬군요. 아사히가 형이랑 하나도 안 닮아서 몰랐어요!"

"갑자기 끼어들어서 미안해. 나도 친구랑 반딧불이를 보러 왔다가 금색으로 염색한 머리가 눈에 확 들어오길래 혹시 아사히인가 싶어서 말을 걸어봤을 뿐이야. 껄렁껄렁하고 무뚝뚝한 녀석이지만, 앞으로도 사이좋게 지내줘."

아마미야의 형은 우리에게 당장 정치계에라도 진출할 수 있을 만큼 청량감 넘치는 미소를 지어 보였다. 친형제건만 인상은 이렇게 다르다니 참 별일이다. 형의 됨됨이가 너무 좋으면 동생은 비뚤어지는 걸까. 처음으로 아마미야를 조금 동정했다.

이노리와 아마미야의 형이 친근하게 대화를 나누고 있는데, 아마미야가 갑자기 벌떡 일어나서 달아나듯 뛰어갔다.

우리는 아마미야의 형에게 인사하고 허둥지둥 아마미야를 쫓아갔다. 발이 빠른 다쓰미 선배가 순식간에 거리를 좁혀 자전거 주차장에서 어정거리고 있는 아마미야를 붙잡았다.

"여기까지 따라왔으니 이제 됐잖아. 난 이만 갈게." 아마미야가 팔을 붙잡은 선배의 손을 뿌리치며 내뱉듯이 말했다.

"왜 갑자기 삐친 거야? 그리고 지금 아마미야만 돌아가면 곤란해. 한 자전거에 세 명이나 탈 수는 없잖아."

확실히 자전거는 두 대밖에 없다. 지금 아마미야가 돌아가면 꽤 먼 거리를 걸어가야 한다. 솔직히 아마미야를 만류하기는 꺼려졌지만, 내게도 그를 붙잡아야 할 분명한 이유가 생겼다.

가쁜 숨을 내쉬며 이노리가 물었다. "왜 도망친 거야?"

"도망치긴 누가?"

"그럼 왜 집에 가겠다는 건데?"

"집에 가는 게 아니라 적당히 다른 데를 돌아다닐 거야." 아마미야가 귀찮다는 듯 혀를 차면서 중얼거렸다.

아무래도 아마미야는 집에서도 반항기가 한창인 모양이다.

"어차피 돌아다닐 거면 우리랑 같이 있어도 되잖아. 오늘은 친목회니까…… 그렇지, 좋은 생각이 났어!"

이노리가 갑자기 머릿속에 뭔가 번뜩인 듯한 표정을 지었다. 이노리의 머릿속에 뭔가 번뜩이면 나까지 휘말릴 때가 많다. 불길한 예감이 들었다.

"구온의 집에 놀러 가서 하룻밤 자는 건 어때?"

"뭐?"

나는 난처한 기색을 감추지 못하고 바로 목소리를 높였다.

"구온, 혼자 살잖아?"

요전에 이노리와 서로 자기소개를 했을 때, 돌아가신 할머니 집에서 혼자 산다고 알려주었다. 설마 일종의 파자마 파티를 제안할 줄이야, 그때의 내가 상상이나 했겠는가.

"잠깐만. 미쓰야 너, 혼자 살아? 우아, 최고다!" 다쓰미 선배가 마치 비밀기지를 손에 넣은 초등학생처럼 눈을 반짝이며 말했다.

역시 아까 느꼈던 위화감은 착각이었던 모양이다.

"그럼 오늘 밤은, 우주부의 파자마 파티로 변경한다!"

"어, 그건 좀……."

집주인은 제쳐두고 이야기가 척척 진행된다.

"구온, 부탁이야! 가끔은 전철이 끊길까 봐 걱정하지 않고 밤새도록 이런저런 이야기를 나눠보고 싶어. 그러면 우정이 더 끈끈해질 거야. 게다가 곧 선배 생일이잖아!" 이노리가 얼굴 앞에 두 손을 모으며 애원했다.

지금까지 남을 우리 집에 재운 적도, 내가 남의 집에 자러 간 적도 없다. 그런 건 나와 무관한 일이라고 생각했고, 함께 밤새도록 재미있게 지낼 자신도 없다. 이노리가 내게 끈덕지게 들러붙는 이유도 여전히 잘 모르는 상태다.

문득 그런 내가 몹시 따분한 인간으로 여겨졌다. 새로운 세상에서 심기일전해 고등학교 생활을 만끽할 작정으로 이사 왔으면서, 고작 집에 재워주는 걸 망설여서야 평생 따분하게 살다가 인생이 끝날지도 모른다.

혹시 지금 나는 시험받는 게 아닐까, 갑자기 그런 생각이 들었다.

집은 늘 깔끔히 청소하고, 남이 보면 안 될 물건도 딱히 없다. 이불도 할머니가 살아 계실 때 쓰던 게 벽장에 몇 채 들어 있다. 의도치 않게 만반의 준비를 했다.

이제 내 결심만 남았다.

"······뭐, 상관은 없는데."

"이예에! 처음으로 구온의 집에서 잔다! 어쩐지 엄청 알콩달콩해!"

이노리가 가슴이 철렁하는 소리를 해서 흠칫했다. 방금까지만 해도 내 나름대로 뭔가 깨달은 기분이었건만, 알고 보니 언제나 이노리가 의도한 대로 행동하는 기분이 들었다.

이노리와 처음 만난 날부터 나는 평온하고 시시한 나날이라는 항구를 떠나, 거친 날씨에도 아랑곳없이 이노리가 방향키를 잡은 배로 드넓은 바다를 항해하고 있었는지도 모른다. 물론 바다에 달아날 곳은 없다.

"아마미야도 괜찮지?"

선배의 질문에 아마미야는 한숨을 쉬더니, 고단한 표정으로 자전거 뒤쪽에 올라탔다.

지금 한숨을 쉬고 싶은 사람은 바로 나다.

지은 지 50년 된 목조 단층집.

낡긴 했지만 오랜 세월 집을 떠받쳐온 중후한 기둥과 들보에서는 혼이 깃든 듯한 독특한 분위기가 느껴진다. 특히 전통 양식의 거실로 이어지는 툇마루와, 거기에서 보이는 작은 연못 딸린 정원이 나는 제일 마음에 든다. 달빛 아래에서 책을 읽으면 운치가 있어서 집중이 잘됐고, 할머니가 그림책을 읽어준 소중한 추억이 깃든 곳이기도 하다.

집에 오는 길에 슈퍼에 들러서 산 선배의 생일 케이크와 과자, 음료수를 거실 책상에 잔뜩 올려놓았다.

다쓰미 선배는 제집인 양 방바닥에 편한 자세로 앉았고, 이노리는 허락도 없이 집을 구경하고 다녔다. 아마미야는 놓아둔 방석을 모아서 간이침대를 만들었다. 조용했던 나만의 공간이 단번에 무법 지대로 변했다.

그리고 우리 네 명은 처음으로 하룻밤을 함께 보냈다. 군

것질을 하며 하잘것없는 잡담을 나눌 뿐인데, 왠지 재미있어서 순식간에 시간이 흘러갔다. 샤워하고 싶다는 이노리에게 내 티셔츠와 수건을 주고 욕실로 안내해준 후 자리에 돌아왔는데 아마미야가 없었다.

다쓰미 선배가 정원으로 통하는 문을 활짝 열어둔 툇마루에 앉아 말했다. "담배 피우고 오겠대."

나도 모르게 쓴소리를 할 뻔했지만, 오늘 밤은 그냥 넘어가기로 했다.

새로 끓인 차를 선배에게 건네고 나도 툇마루에 앉았다.

이노리가 샤워하는 소리와 이름 모를 벌레 소리가 밤의 정적을 깨뜨렸다.

하늘에서는 고양이 발톱같이 가느다란 초승달과 별들이 빛났다.

"그러고 보니, 이노리랑 키스는 했어?"

기습적인 질문에 나는 마시던 차를 내뿜으며 선배를 똑바로 바라보았다.

"……네? 그럴 리 없잖아요!"

"에이, 하지그래. 사이좋잖아. 둘 다 우주에도 빠삭하고."

확실히 우주는 좋아하지만, 그거랑 이건 별개의 문제다.

"난 솔직히 우주에 대해 아무것도 몰라. 초등학생 때부터 야구만 했거든. 굳이 말하자면 별자리가 쌍둥이자리니까 그 게 어디 있는지 아는 정도지. 분명 오리온자리의 위쪽······.”

그렇게 말하며 하늘을 살펴보는 선배에게, 쌍둥이자리는 겨울철 별자리니까 5월에 보기는 힘들다고 알려주었다.

“다쓰미 선배, 왜 야구부를 그만두고 우주부로 옮긴 거 예요?”

나는 좋은 기회다 싶어서 물어보았다. 내내 의문이었다. 작년까지 야구부였던 다쓰미 선배는 요즘도 운동장에서 연습하는 야구부원들을 동아리방 창문으로 자주 바라본다. 아무래도 미련 없이 떠나온 모습이 아니었다. 뭔가 사정이 있겠지만, 지금까지는 물어보기가 좀 그랬다.

하지만 이노리 말처럼 오늘 밤에 우주부의 우정이 끈끈 해진 것 같은 기분이 들었다. 그래서 마음먹고 물어보기로 했다.

그러나 선배는 내 질문에 묵묵부답이었다. 어쩌면 건드려 서는 안 될 금기였는지도 모른다. 우정이 끈끈해졌다고 내 마음대로 믿고서 일방적으로 행동하는 바람에 선배를 난처 하게 만든 걸까. 안 되겠다는 생각에 얼른 화제를 바꾸려고 입을 여는 찰나였다.

“······사람을 죽였어.”

뭔가 잘못 들었나 싶어 나는 얼빠진 목소리로 되물었다. "네, 뭐라고요?"

"죽였어, 우주부였던 반 친구를."

담담한 어조로 대답한 선배는 아까 반딧불이 축제에 갔을 때 보았던 것처럼 구슬픈 표정이었다. 갑작스러운 고백에 나는 할 말을 잃고 멀뚱히 있었다.

선배가 사람을 죽였다. 우주부였던 반 친구를.

머릿속으로 곱씹어봐도 말이 사막의 모래로 만든 성처럼 힘없이 무너져 내려서 잘 정리가 되지 않았다. 혹시 익숙지 않은 시간을 보내느라 지쳐서 꿈이라도 꾸는 걸까.

"……내 나름의 속죄야. 이런다고 걔가 돌아오지는 않겠지만."

한탄하듯 중얼거리는 선배의 시선 저편에서 연못에 비친 초승달이 불안하게 흔들렸다.

할 말이 없었다. 그리고 선배의 말이 믿기지 않았던 것도 사실이다.

그때 암울한 분위기를 씻어내듯 샤워를 마친 이노리가 맹장지 문을 확 열고 툇마루로 나왔다.

"아, 개운하다! 욕실 빌려줘서 고마…… 어, 아사히는?"

한 벌뿐인 내 스타워즈 티셔츠를 원피스처럼 입고, 주변을 두리번거리며 이노리가 물었다. 티셔츠가 나보다 훨씬 잘 어울렸다.

"잠깐 바람 쐬러 갔어."

선배가 이노리에게 고개를 돌리고 적당히 대답했다. 평소의 선배 표정으로 돌아와 있었다.

나도 샤워 좀 할게, 하고 선배가 욕실로 향하자 나는 내심 안도했다. 더 이상 어떻게 대화를 이어나가야 할지 알 수 없었기 때문이었다. 그리고 만약 **사람을 죽였다**는 선배의 말이 사실이라면……. 아니, 정말로 사람을 죽였다면 다쓰미 선배가 지금 자유로이 지낼 리 없다. 분명 날 놀리는 거겠지.

아까까지 선배가 앉아 있던 곳에 이번에는 이노리가 앉아서 달을 바라보았다.

이노리라면 뭔가 알지 않을까? 나보다 먼저 우주부에 가입했으니까. 애당초 이노리가 왜 폐지 직전의 우주부에 가입하기로 했는지 경위를 들어보면 뭔가 알 수 있을지도 모른다. 그래서 나는 넌지시 물어보기로 했다.

"그야 다쓰미 선배가 가입하라고 제안했으니까."

"거기에 이르기까지의 경위를 물어보는 건데."

"입학한 지 얼마 안 돼서 선배가 말을 걸었어. 혹시 우주 좋아하느냐고."

"선배는 네가 우주를 좋아하는 걸 어떻게 알았을까?"

"그때 도서실에서 『우주의 구조』라는 책을 읽고 있었거든. 우주를 좋아한다면 우주부에 가입해달라고 했어. 내가 들어오면 폐지를 면할 수 있다면서 부탁하더라고. 아주 간절해 보였고, 우주도 좋아하니까 괜찮겠다 싶어서."

"어, 그럼 아마미야는 그때 이미 우주부였어?"

"응. 아사히가 먼저였어. 입학하자마자 견학하러 왔길래, 선배가 잠만 자도 되니까 가입하라고 부탁했다나 봐."

과연, 그래서 아마미야는 잠만 자도 혼나지 않는 것이다. 아니, 지금 아마미야가 우주부에 가입한 경위는 문제가 아니다.

"그런데 선배는 원래 야구부였잖아? 왜 야구부를 그만뒀는지 알아?"

"아아, 작년에 경기에 나갔다가 어깨를 다쳤대. 그래서 야구를 못하게 됐다고 들었는데? 그래서 재미있어 보이는 우주부로 옮겼다나. 자세하게는 안 물어봤지만."

아니나 다를까 아까와는 이야기가 완전 딴판이다.

역시 선배가 날 놀린 것이다. 이런 장난도 우정이 끈끈해 졌다는 증거일까. 너무 짓궂은 농담이었지만, 나는 일단 가슴을 쓸어내렸다.

"뭐야, 어쩐지 안심한 표정인걸?"

"아니, 그저 진실은 언제나 하나구나 생각했을 뿐이야."

내 대답이 별로 마음에 안 드는지 이노리는 흠, 하고 콧숨을 내쉬었다.

"그럼 구온은 우주의 시초가 뭐라고 생각해?"

여느 때처럼 이노리가 터무니없이 장대한 주제를 갑자기 꺼내놓았다.

"우주의 시초? 빅뱅 말이야?"

"빅뱅이나 인플레이션이 일어나기 전 말이야. 아무것도 없는 곳에서 느닷없이 폭발이 일어날 리 없잖아?"

현재 우주물리학에서는 우주 초기에 인플레이션이라는 급팽창이 진행되어 우주의 밀도와 온도가 아주 높아진 후에 빅뱅이 일어났다고 보고 있다. 그 인플레이션보다 이전인 **무**의 단계에서 어떻게 우주가 시작됐는지 묻는 거겠지만, 당연히 나도 모른다. 다만 이 세상의 모든 고민도 파고들다 보면 결국 우주가 어떻게 시작됐느냐는 의문에 도달할 것 같았다.

"터널 효과를 배웠잖아? 난 그게 우주의 시초와 관련 있지 않을까 싶어."

아무래도 황당무계한 소리를 하려는 건 아닌 듯해서 나도 진지하게 이노리의 이야기에 귀를 기울였다. 그리고 난 이노리와 우주에 관해 이야기하는 시간을 좋아한다. 내가 진지하게 대하자 이노리는 기분이 좋아졌는지 의욕 넘치는 표정으로 말을 꺼냈다.

"공이 벽을 통과한다, 즉 벽 바깥쪽 세상에서는 아무것도 없는 곳에 갑자기 공이 나타났다는 식으로도 받아들일 수 있겠지? 그렇게 어느 순간 갑자기 '무'의 우주 저편에서 '유'가 나타났다고 생각하는데, 어때?"

"그렇구나."

아주 예리한 의견이었다. 우주의 시초와 관련해서는 양자역학에서 다루는 미시세계의 상식이 통용될 테니, 전혀 말도 안 되는 소리는 아니다.

"그렇게 치면 우주 바깥쪽에 또 다른 뭔가가 존재하는 셈이겠네?"

나도 다원우주론에는 관심이 있다. 다원우주론이란 우리가 살아가는 우주 외에도 우주가 무수히 존재한다는 이론이다.

우리 우주에는 인류에게 너무나 유리한 조건이 고루 갖추어져 있다. 마치 신이 우리 우주를 미세 조정해서 인류를 탄생시킨 것처럼. 우리 우주가 미세하게 조정됐다는 문제를 설명하기 위해 만들어진 것이 다원우주론이다. 만약 우리 우주가 다양한 성질을 띤 무수히 많은 우주 중 하나라면, 우연히 인류가 탄생할 수 있는 환경을 갖춘 우주가 존재했다고 볼 수도 있다.

"만약 그렇다면 이 세상은 여러 우주가 줄지은 형태로 구성된 걸까. 그럼 엄청 로맨틱하지 않아? 우주가 우리 상상보다 훨씬 넓다면 나와 구온이 운명적으로 만날 확률도 훨씬 낮아져. 봐, 역시 운명이라고밖에 볼 수 없지?"

나는 어이없어하며 말했다. "결국 또 그 이야기로 이어지는구나."

그야 그렇지, 하고 이노리는 웃으면서 어깨를 으쓱했다.

"하지만 난 다른 어떤 우주보다, 이 우주에 태어나서 다행이라고 생각해. 구온을 만났으니까."

그 순간 가슴이 쿵 뛰었다. 하필이면 키스했느냐는 선배의 말이 떠올라서 가슴이 더 두근거렸다. 샤워하고 온 이노리에게서는 나와 똑같은 샴푸 냄새가 풍겼다. 젖은 머리에 윤기가 흘렀고, 티셔츠 자락 밑으로 드러난 넓적다리는 잡티 하나 없이 뽀얗다.

새삼스레 참 예쁘구나 싶었다. 이노리는 누가 보기에도 아주 매력적일 것이다. 뭐가 어떻게 잘못되면 날 좋아하게 되는 걸까. 분명 그 이유는 죽을 때까지 알 수 없을 것이다.

"앗!"

이노리가 정원을 바라보며 느닷없이 크게 소리쳐서 나는 정신을 차렸다.

"구온, 눈 좀 감아봐."

"어, 또 그거야?"

실은 삼나무 아래에서 그랬던 이후로, 이노리는 가끔 내게 눈을 감으라고 시킨다. 눈을 감았다가 뜰 때마다 이노리는 만족스러운 표정으로 나를 바라보고 있다. 대체 왜 그러는지 모르겠다. 아무래도 이노리는 목적 없는 가위바위보를 질리지도 않고 되풀이하는 어린아이처럼, 별 의미도 없이 나와 그러는 걸 그저 재미있어하는 것 같다.

"잔말 말고 빨리!"

거절하면 끈질기게 구니까 하는 수 없이 눈을 감았다.

잠시 눈을 감고 있자 "이제 됐어" 하고 이노리의 목소리가 들렸다. 눈을 뜨자 이노리는 뭔가 감싸듯이 모으고 있던 두 손을 살짝 펼쳤다. 이노리의 손안에서 산뜻한 녹색이 희미하게 빛났다.

"연못 앞에 있더라고."

천진난만하게 웃는 이노리의 얼굴이 어슴푸레한 반딧불 속에 떠올랐다가 사라졌다.

오늘 밤 만약 보름달이 떴다면, 그 얼굴이 좀 더 선명하게 보였을까. 나도 모르게 그런 생각이 들어서 가슴이 또 울렁거렸다.

"생각에 잠기매 계곡의 반딧불이도 이 몸으로부터 헤매이는 혼백인가 하여 보노라니." 이노리가 갑자기 흥얼거렸다.

"뭐야 그건?"

"이즈미 시키부(시와 노래로 유명했던 일본 헤이안 시대의 궁녀-옮긴이)가 읊은 시조야. 당신을 그리며 생각에 잠겨 있으면, 계곡의 반딧불이도 내 몸에서 빠져나와 떠도는 영혼인가 싶어 들여다본다는 뜻이지. 이 반딧불이는 분명 야속한 구온 탓에 시름에 잠겨서 튀어나온 내 영혼의 일부일 거야." 이노리는 자기 입으로 말해놓고 킥킥 웃었다.

반딧불이를 바라보는 척하며 이노리를 쳐다보았다.

나는 사랑을 해본 적이 없다. 애당초 내가 좋아한다고 기뻐할 사람이 있을까.

이노리는 나더러 야속하다고 했지만, 내 입장에서는 변덕스럽게 다가온 길고양이를 상대해주고 있을 따름이다. 만약 진심으로 손을 뻗으면, 스르르 빠져나가 도망칠 게 뻔하다.

그러니까 이건 딱히 연애 감정이 아니다. ……이건 사랑이 아니다.

"네 영혼이 어디에 있는지는 모르겠지만, 반딧불이는 수명이 열흘 정도라고 들었어. 고작 열흘을 살려고 태어난 건가 생각하면 좀 짠하기는 하네."

잡생각을 끊어내듯 나는 반딧불이의 생태로 이야기의 주제를 돌렸다.

그러자 이노리는 잠깐 입을 다물었다가 나직이 중얼거렸다. "만약 수명이 열흘밖에 안 된다면, 삶을 고민하지 않아도 되려나."

나는 고개를 들어 이노리를 쳐다보았다. 이따금 드러나는 이노리의 또 다른 얼굴이 눈에 들어왔다. 다음 순간, 이노리의 영혼이 그녀의 손안에서 날아갔다.


결국 그날 이노리는 내 침대에서, 남자들은 거실에 이불을 깔고 잤다.

어느 틈엔가 훌쩍 돌아온 아마미야도 깔아놓은 이불을 둘둘 감고 잠들어 있었다. 어쩐지 길고양이 집합소 같다고, 아마미야의 금색 머리를 보며 생각했다.

하지만 이런 날도 나쁘지는 않다. 그러다 내 생활이 이노리로 완전히 물들었다는 생각에 무심코 픽 웃었다.

점심시간에 나는 아무도 없는 동아리방에 있었다.

'사람을 죽였다'는 다쓰미 선배의 고백을 믿은 건 아니지만, 선배가 작년에 동아리를 옮기기 전에 찍은 우주부 사진이 없을까 하고 찾는 중이었다. 그러자 역대 천체관측 노트등이 보관된 선반 안쪽에 연도가 적힌 앨범이 있었다. 그 가운데 작년 연도가 적힌 앨범을 뽑아서 펼쳐보았다.

천체사진과 함께 모르는 남학생 세 명이 함께 찍은 사진이 있었다. 이들이 작년까지 우주부 소속이었던 선배이리라. 학년은 적혀 있지 않았다. 다쓰미 선배가 같은 반 친구라고 한말이 사실이라면 그 사람은 작년에 2학년이었고 현재는 3학년, 학교를 그만두지 않았다면 아직 재학생일 것이다. 사진속에는 세 남학생 말고 나도 잘 아는 사람이 한 명 더 찍혀 있었다.

나는 그 사진 한 장만 꺼내고 앨범을 선반에 꽂은 후 동아리방을 나섰다.


"시도 선생님은 안 계시는데?"
사과맛 사탕을 입에 문 채 지나가던 이노리가 교무실 문

앞에 있는 나를 보고 말했다. 아무래도 이노리에게는 신통력이 있나 보다.

나는 문에 댔던 손을 거두고 이노리에게 물었다. "어디 계신지 알아?"

"아니, 몰라. 하지만 시도 선생님은 점심시간에 늘 어디 가시거든."

"늘?"

"봐봐."

이노리가 2층 복도 창문으로 아래를 바라보며 손짓했다. 이노리가 시키는 대로 옆에 가서 창밖을 내려다보았다. 비가 내리고 있었다. 오늘 아침 일기예보에서 장마철이 시작됐다고 했으니, 비가 한동안 계속 내리겠지.

2층 창문으로 교문과 교직원용 주차장이 보였다.

"시도 선생님 차는 빨간색인데, 지금 없잖아."

확실히 주차장에 빨간색 차는 없다. 이노리 말대로, 정말 외출한 걸까.

마침 그때 아무렇지도 않게 교문을 빠져나가는 한 학생이 보였다. 투명한 비닐우산을 통해 금색으로 염색한 머리가 눈에 들어왔다. 구부정한 자세로 걷는 저 모습은, 틀림없이 아마미야다.

"아마미야 저 녀석, 수업을 땡땡이치려는 건가."

"아니야." 사과맛 사탕을 문 뉴턴이 또 신통력을 발휘해 딱 잘라 말했다. "시도 선생님이 어디 계신지는 모르지만, 아사히가 어디 가는지는 알아."

"너 혹시 스토커야?"

"아 참, 구온. 데이트하러 갈까?"

이노리는 내 말을 무시하고 또 뭔가 번뜩인 표정을 지었다. 이제 이노리가 이 표정으로 뭔가 제안할 때 내게 거부권은 없다.

"데이트라니, 아직 점심시간이야."

"점심시간 끝나기 전에 돌아오면 되잖아."

내가 망설이자 이노리는 나를 신발장으로 끌고 가서 실외화로 갈아 신겼다.

이노리가 우산을 같이 쓰고 가자고 제안했지만 단호하게 거절했다. 우리는 각자 우산을 쓰고 밖으로 나갔다. 누군가에게 들키지는 않을까 가슴이 약간 조마조마했지만, 비 때문인지 본관 밖에는 아무도 없었다.

학교를 나서서 이노리를 따라 바다 쪽으로 향했다. 잠시후 바다 곁의 뒷골목에 다다랐고, 벽돌담에 둘러싸인 공터에 쪼그려 앉아 있는 아마미야를 발견했다. 아무래도 데이트의 목적은 아마미야 찾기였던 모양이다.

아마미야는 어째선지 우산을 접지도 않은 채 땅에 내려놓고서 고스란히 비를 맞고 있었다. 그 모습을 본 이노리가 아마미야에게 달려가 우산을 씌워주었다. 아마미야가 고개를 휙 들었다.

그때 뭔가의 울음소리가 들려서 아마미야가 내려놓은 우산 밑에 시선을 주었다. 털이 긴 흰색 고양이 한 마리가 만족스러운 울음소리를 내며 종이 접시에 담긴 사료를 먹고 있었다.

아마미야가 밥을 먹는 고양이를 위해 우산을 씌워주었다는 걸 금세 알아차렸다. 깨어 있는 시간에는 늘 불쾌해 보이는 아마미야가 본인이 흠뻑 젖는 걸 감수하면서까지 고양이에게 우산을 씌워주다니 정말 의외였다.

"뭐하러 왔어?"

아마미야가 혀를 한 번 차고는 중얼거렸다. 우리를 향한 태도는 변함없다.

나는 가까이 다가가 아마미야를 내려다보며 물었다. "아마미야, 고양이 좋아해?"

"좋아하면 어쩔 건데?" 아마미야는 위협이라도 하듯이 말을 툭 내뱉었다.

요즘은 그 태도에도 익숙해져서 별로 무섭지 않다.

"어쩐지 의외라서."

"아사히는 이 길고양이에게 밥을 챙겨주려고 점심시간에는 늘 여기에 와."

전에 우연히 학교를 나서는 모습을 보고 따라가봤더니 여기에 있더라고 이노리는 태연하게 말했다. 역시 이노리에게는 스토커 기질이 있다.

사료를 다 먹은 고양이가 가르릉가르릉 소리를 내며 아마미야의 다리에 몸을 비볐다. 우리가 다가가도 도망치지 않는 걸 보니, 사람에게 많이 친숙해진 모양이다.

내가 "나도 쓰다듬어봐도 될까?" 하고 묻자 아마미야는 "그러든지" 하고 허락해주었다. 애당초 길고양이니까 허락을 받을 필요는 없겠지만.

고양이의 머리를 살며시 쓰다듬었다. 아마미야가 올 때까지 비를 맞고 있었는지 털이 약간 젖어 있었다. 고양이는 가르릉가르릉 하는 소리와 함께 내 손에 머리를 비비며 더 쓰다듬으라고 재촉했다. 쓰다듬어보지 않겠느냐고 묻자, 이노리는 냄새가 배면 집에서 키우는 고양이가 질투한다며 아마미야에게 우산을 씌운 채 어깨를 움츠렸다.

이대로 두고 가기가 어쩐지 딱해서 무심코 아마미야에게

물었다. "사람을 아주 잘 따르네. 아마미야네 집에서는 못 키워?"

아마미야는 한숨을 쉬더니 말했다. "키울 수 있었으면 벌써 키웠지."

"우리 집에도 고양이가 있지만 당뇨병으로 고생이라 둘째는 들이기가 힘들고…… 아, 구온네 집은? 혼자 사니까 부모님 허락은 필요 없잖아."

이노리가 기대에 찬 눈빛을 보냈지만 어쩔 수 없이 고개를 저었다.

"나도 고양이를 키울 여유는 없어. 학교 때문에 한나절은 집을 비울 테고."

셋이서 막막한 기분을 공유하며 가르릉가르릉 소리를 내는 고양이를 바라보았다.

"이렇게 사람을 잘 따르는 걸 보니, 버려진 걸까."

내 말에 아마미야가 불쑥 말했다. "그딴 인간은 콱 죽어야 해."

듣기에는 무섭지만, 고양이를 아끼는 마음에서 나온 말이리라.

이노리가 어깨를 으쓱하고는 킥 웃으며 말했다. "역시 아사히는 착하다니까."

"뭐? 헛소리 집어치워."

"애묘 양아치라고 부르자."

"시끄러워."

아마미야와 아옹다옹하며 즐겁게 웃는 이노리를 보자 왠지 가슴이 조금 쓰렸다.

결국 아마미야는 고양이를 위해 우산을 놓아둔 채, 이노리와 함께 우산을 쓰고 학교로 돌아왔다. 그 모습을 바라보며 따라가는 내내 기분이 찜찜했다.

이노리는 비에 젖은 아마미야에게 우산을 씌워주었을 뿐이다. 그런데 왜 이렇게 마음이 어수선한 걸까. ……이래서야 마치 아마미야를 질투하는 것 같지 않은가.


학교에 들어서자 교직원용 주차장에 빨간색 미니밴이 주차되어 있었다. 시도 선생님의 차다.

나는 두 사람과 헤어져 서둘러 교무실로 향했다. 아니나 다를까 시도 선생님은 자기 자리에 앉아 있었다. 깔끔하게 정리된 책상에는 졸업생과 함께 찍은 사진이며 아기를 안고 찍은 가족사진 등이 여럿 놓여 있었다.

"어쩐 일이니? 미쓰야가 동아리 활동 시간 말고 나를 찾아오다니 별일이로구나." 시도 선생님은 한 손에 커피를 들고 여우에 홀린 듯한 표정으로 말했다.

점심시간이 얼마 안 남아서 나는 단도직입적으로 물었다.

"이 사진 말인데요."

바지 호주머니에 넣어두었던 사진을 꺼내서 보여주었다.

그 순간, 시도 선생님의 눈빛이 달라졌다. 그 사진에는 예전 우주부원 외에 당시부터 담당 교사였던 시도 선생님도 찍혀 있었다.

"이거 어디서 난 거니?"

"동아리방에서 찾았어요. 이 사람들이 작년 우주부원들이죠?"

응, 하고 시도 선생님은 고개를 끄덕였다.

"이 가운데 작년에 2학년이었던 학생이 있나요?"

당황한 기색이 한순간 시도 선생님의 얼굴을 스치고 지나간 듯했다. 선생님은 잠깐 침묵을 지키다 사진 속의 한 학생을 가리키며 말했다.

"얘가 당시 2학년이었어."

세 남학생 중 제일 왼쪽에 있는 학생이었다. 수수한 인상이지만, 싱글싱글 살갑게 웃는 얼굴을 들여다보고 있으니 만난 적도 없는데 친근감이 느껴졌다.

"이 선배는 왜 우주부를 그만뒀나요? 아직 학교에 다니고 있죠?"

내가 캐묻자 뭔가 의도 같은 것이 느껴졌는지 시도 선생님이 되물었다.

"누구한테 들었니?"

"아니요, 그런 건 아니에요."

"다쓰미?"

정곡을 찔려서 말문이 턱 막혔다. 확실히 우주부에서 사진 속 그 학생과 교류가 있었어도 이상하지 않은 사람은 같은 반인 선배뿐이다.

시도 선생님은 한숨을 푹 쉬고 나서 차분한 어조로 조심스레 입을 열었다. "……죽었어. 작년 겨울에 사고로."

"사고요?"

"제방에서 바다로 떨어져 익사했지."

"앗."

그때 점심시간이 끝났음을 알리는 종소리가 학교에 울려 퍼졌다. 그러자 학생들이 교실에 돌아가는 소리로 복도가 점점 소란스러워졌다.

"미쓰야도 이만 돌아가렴. 수업에 늦겠다." 선생님은 빈 컵을 들고 자리에서 일어나며 말했다.

더 질문할 시간이 없어서 인사하고 교무실을 뒤로했다.

교무실 밖에서 다시 사진을 들여다보았다. 선생님은 사고라고 했지만, 어쩐지 침착하지 못해 보였다. 과연 다쓰미 선배와 시도 선생님, 둘 중 누가 사실을 말한 걸까.

사진 속 남학생을 만나본 적도 없는 나로서는 알 턱이 없었다.

작년 12월, 근처 주민의 신고로 익사체가 발견됐다. 사망자의 신원은 당시 이스미 고등학교 2학년이자 우주부 소속이었던 아키쓰 요시야였다.

인터넷에 검색하자 관련 기사가 바로 떴다. 장례식 사진까지 나왔다. 사진에는 시도 선생님을 비롯해 장례식에 참석한 고등학교 교직원과 수많은 학생들의 모습이 찍혀 있었다.

사고 전날 밤, 아키쓰 요시야는 친구네 집에 다녀오는 길에 제방에서 미끄러져 바다로 추락, 사고사로 처리된 듯했다. 그건 그렇고 아무래도 이해가 안 된다. 왜 한겨울 오밤중에 바다의 제방에 올라간 걸까. 정말로 발이 미끄러져 떨어진 걸까. 설마 진짜로 다쓰미 선배가…….

"미쓰야, 여기 좀 와볼래?"

소리가 들려 뒤를 돌아보자 다쓰미 선배가 물리실에 놓아 둔 커다란 칠석용 조릿대 앞에서 나에게 손짓을 하고 있었다. 7월에 들어서자마자 시도 선생님이 물리실에 가져온 조릿대다.

"매년 칠석에 조릿대를 장식하는 게 우주부의 관례인가 보더라고. 좀 도와줄래?"

선배는 각 학년에서 모아온 소원이 적힌 단자쿠(글씨를 쓰거나 물건에 매다는 데 사용하는 가늘고 길쭉한 종이–옮긴이)를 덤덤히 조릿대에 매달면서 말했다.

요전에 종례 시간에 단자쿠를 나누어주고 소원을 적으라고 했던 게 생각났다.

오늘은 이노리도 아직 동아리방에 오지 않았다. 교실 안쪽을 흘끗 보자 아마미야는 어김없이 푹 엎드려 자고 있었다.

알겠어요, 하고 천연덕스러운 얼굴로 선배를 따라 조릿대에 단자쿠를 매달았다.

다쓰미 선배는 내게 그런 고백을 한 후로도 변함없이 상냥하다. 굳이 변한 점을 들자면 여름이 왔음을 상징하듯 매미가 울고 초목이 우거지는 것처럼, 다쓰미 선배는 날마다 피부가 점점 검게 탔다. 아무래도 매일 동네 친구들과 서핑을 하는 모양이다. 동아리 활동 외에도 늘 많은 친구와 어울리는 선배가 도저히 살인을 저지를 흉악범으로는 보이지 않았다.

—사람을 죽였어.

그 고백이 대체 무슨 의미인지 직접 물어보면 빠르겠지만, 그냥 짓궂은 농담이었다면 진심으로 받아들인 쪽이 실례인 것 같아서 말을 꺼낼 수 없었다.

"미쓰야는 단자쿠에 뭐라고 적었어?"

"그냥 대충 적었어요."

"건강 기원, 뭐 그런 거?"

"……평온하고 무사히 지낼 수 있게 해달라고요."

"으아, 꿈이 너무 없네."

다쓰미 선배가 하얀 이를 내보이며 악의 없이 웃었다. 내 생각도 그러니까 어쩔 수 없지만.

과학적으로 생각할 때 단자쿠에 거창한 꿈이나 소원을 적어본들 이루어질 리 없다. 그런데 진지하게 머리를 쥐어짜다니 바보 같다. 그렇게 말하면 따분한 인간이라는 평가에 힘이 더 실릴 것 같아서 아무 말도 꺼내지 않았다.

"다쓰미 선배는 뭐라고 썼어요?"

"음…… 나? 난 비밀."

선배는 어깨를 으쓱하고는 얼굴에 웃음을 만들어 붙였다.

사람을 죽였다는 선배의 고백이 마음에 걸려서 더는 캐물을 수 없었다.

"아, 이거 아마미야의 단자쿠네."

선배가 그렇게 말하고 단자쿠를 내게 보여주었다.

### 죽어, 1학년 C반 아마미야 아사히

"뭐야, 이거. 무섭게." 선배가 웃으며 말했다.

입이 험한 아마미야다웠지만, 자기 앞에서 입방아를 찧는데도 정작 본인은 일어날 낌새가 전혀 없었다.

"이쪽 다발은 1학년 A반인가. 그럼 이노리의 단자쿠도 있겠네? 미쓰야랑 결혼하고 싶다고 썼으면 어쩔래?"

"그게 무슨…… 그럴 리 있겠어요!"

선배가 이상한 소리를 해서 저도 모르게 목소리가 갈라졌다. 선배는 내 반론을 무시하고 히죽히죽 뜻 모를 웃음을 지으며 호기심 넘치는 표정으로 단자쿠 다발을 넘겼다. 자기 소원은 비밀이라면서 남의 소원을 멋대로 훔쳐보려 하다니 너무 악취미다.

아, 하고 선배가 단자쿠 하나를 보고 손을 멈췄다. 나도 모르게 가슴이 덜컥했다. 선배는 혼자 단자쿠에 적힌 글을 읽고 나서 나를 힐끔 보았다.

"보고 싶어?"

"……딱히요."

"아아, 그래. 그럼 이건 따로 빼놓을까."

선배가 이노리의 단자쿠만 냉큼 바지 호주머니에 넣으려 하길래 허둥지둥 말렸다.

"아니요, 어…… 그렇게까지 말씀하시니까 신경이 쓰이기는…… 쓰이네요."

그런 식으로 말하면 누구든 신경 쓰이는 법이다. 하지만 이래서는 선배한테 악취미니 어쩌니 말할 자격이 없다.

"아쉽네. 미쓰야와 결혼하길 바라지는 않았어."

다쓰미 선배는 나를 한 차례 놀린 후, 이노리의 단자쿠를 넘겨주었다.


### 1학년 A반 간다 이노리


"설마 아무것도 안 적었을 줄이야." 다쓰미 선배가 다시 작업을 시작하며 중얼거렸다.

나 혼자 속을 태우다 헛소동으로 끝나자 어깨에서 힘이 쭉 빠졌다. 대체 난 뭘 기대한 걸까.

그나저나 '죽어' 다음이 미기입이라면, 나는 그나마 소원을 착실하게 적은 게 아닐까.

"그러고 보니 시도 선생님은 결혼하셨던가요?" 문득 궁금해져서 선배에게 물었다.

"아니, 안 하셨을 거야. 전에 여학생들이 물어보는 걸 들었는데…… 아, 그러고 보니 생각났다."

다쓰미 선배가 또 의미심장하게 입을 열길래 나는 미심쩍은 표정으로 고개를 들었다.

"요전에 이노리랑 시도 선생님이 어쩐지 심각한 분위기로 이야기하는 걸 봤어. 약간 말다툼하는 것 같기도 했는데."

"어, 선생님이랑요?"

뭔가 아느냐고 선배가 물었지만 아무것도 모르고, 이노리와 시도 선생님이 말다툼을 나눌 만한 이유도 전혀 짐작이 가지 않았다. 이노리는 동아리 활동할 때 태도가 나쁘지 않으니까 굳이 생각해본다면, 학교 안에서도 아무렇지 않게 사과맛 사탕을 먹는다는 것 정도일까. 하지만 그렇다면 우리 앞에서도 주의를 줄 것이다.

그때 이노리와 시도 선생님이 함께 물리실에 들어왔다.

"아, 단자쿠를 매달고 있었네! 나도 할래!"

달려온 이노리는 단자쿠를 적당히 하나 집어서 조릿대 잎에 매달기 시작했다.

　은근슬쩍 이노리와 선생님을 번갈아 바라보았다. 두 사람에게서 험악한 분위기는 일절 느껴지지 않았고, 그냥 평소와 다름없어 보였다. 다쓰미 선배에게 시선을 주자, 선배도 어깨를 으쓱했다.

　칠석 당일, 야간 천체관측을 하기 위해 패밀리 레스토랑에서 저녁을 먹고 다시 학교로 돌아온 우리 네 명은 천체망원경과 쌍안경을 끌어안고 옥상으로 올라갔다. 야행성인지 웬일로 아마미야도 눈이 말똥말똥했다.

　운 좋게도 날씨가 쾌청해서 육안으로도 잘 보일 만큼 은하수가 밝게 반짝였다. 도심에서는 여간해서 볼 수 없는 광경이다.

　은하수를 관측할 거면 시야가 넓은 쌍안경이 적합하다. 실은 쌍안경도 시도 선생님 것이라고 한다. 배율과 구경이 다른 쌍안경을 여러 개 가지고 있다니, 과연 우주부 담당 교사다웠다. 개중에는 구경이 100밀리미터를 넘는 쌍안경도 있었다. 그걸로 바라보는 은하수의 압도적인 규모와 신비로움은 말로 다 형용할 수 없을 정도였다. 우리는 서로 빼앗다시피 번갈아 쌍안경을 들여다보며 밤하늘에 빛나는 은하수의 별들을 감상했다.

"은하수는 우리가 살아가는 우리 은하 그 자체의 모습이야. 지구도 저 강을 흐르는 작은 별 하나에 불과하지. 칠석다운 이야기를 하자면 직녀성인 베가는 25광년, 견우성인 알타이르는 17광년밖에 지구에서 떨어져 있지 않단다."

그래도 한없이 멀다는 건 변함없지만, 하고 선생님이 하늘을 올려다보며 설명했다.

"덧붙여 여름의 대삼각형(여름철 북반구 밤하늘에서 데네브, 알타이르, 베가가 이루는 가상의 삼각형을 가리킨다–옮긴이)을 구성하는 또 하나의 별 데네브는 약 1,400광년이나 떨어져 있어. 이 세 별은 지구에서 보기에는 크기가 거의 같아 보이지만, 실은 데네브가 압도적으로 크지. 데네브는 반지름이 태양의 100배도 넘는 초거성이거든."

"광년이 뭐야? 난 아직 잘 모르겠어." 옆에서 다쓰미 선배가 귓속말로 물었다.

"광년은 지구에서 어떤 별까지의 거리를 빛의 속도로 나타내는 단위예요. 빛은 1초에 30만 킬로미터를 나아가죠. 예를 들면 1초 만에 지구를 일곱 바퀴 반이나 돌 수 있는 속도예요. 그 속도로 베가까지는 25년, 알타이르까지는 17년 걸린다는 뜻이에요."

"미쓰야 말대로야. 즉, 지금 우리가 보고 있는 별빛은 과거의 별빛이지. 알타이르에서 17년 전에 발생한 빛이 지금 드디어 우리 눈에 들어온 셈이야. 반대도 마찬가지고. 만약 알타이르에서 아주 멀리까지 정밀하게 보이는 망원경으로 지구를 관측한다면, 너희가 태어났을 무렵에 있었던 과거의 일이 **지금 일어나고 있는 일**로 보이겠지."

선생님은 우리에게 생각할 시간을 좀 주고 나서 말을 이었다.

"즉, 우리의 과거도 시점을 바꾸면 현재가 되고, 우리의 현재도 시점을 바꾸면 미래로 보인다는 뜻이야. 그러니까 어쩌면 이 세계에는 과거와 현재와 미래가 동시에 존재하는 건지도 몰라."

나는 시도 선생님의 말을 들으며 부모님을 떠올렸다. 17년 전이라면 내가 태어나기 조금 전이니까 부모님도 아직 건재하실 때다. 만약 과거로 갈 수 있다면 나는 부모님이 사고로 돌아가시는 걸 미연에 방지할 수 있을까.

"……과거로 돌아갈 수는 없나요?" 옆에서 다쓰미 선배가 불쑥 물었다.

나도 모르게 선배의 옆얼굴을 훔쳐보았다. 전에 없이 풀죽은 표정이었다.

"못 가. 빛보다 빨리 이동하기는 불가능하고, 만약 세 가지가 동시에 존재하더라도 인간은 과거에서 미래로 일방통행밖에 못 하니까." 아마미야가 논리정연하게 대답했다.

확실히 현대 문명의 기술로는 어렵겠지, 하고 시도 선생님도 동의했다.

다쓰미 선배는 그 말을 듣고 한숨을 쉬며 원망스러운 듯 알타이르를 올려다보았다. 그때 쌍안경을 들여다보고 있던 이노리가 갑자기 목소리를 높였다.

"관측 노트를 두고 왔네! 제가 가져올게요."

위험하니까 미쓰야도 같이 가렴, 하고 선생님이 시켜서 나도 이노리를 따라 동아리방으로 돌아갔다. 이노리가 노트를 찾는 동안 나는 단자쿠가 매달린 조릿대를 바라보았다. 그러고 보니 다쓰미 선배가 단자쿠에 뭐라고 썼는지 결국 듣지 못했다. 선배도 내가 단자쿠에 쓴 내용을 헐뜯었으니 피차일반이겠지. 나는 호기심을 이기지 못하고 선배의 단자쿠를 몰래 찾아보기로 했다. 단자쿠는 반별로 모아 달아놓아서 선배 반의 단자쿠도 금방 눈에 띄었다.

그리고 그 가운데에서 선배의 단자쿠를 발견하고 손을 멈췄다.

### 한 번만 더 보고 싶어, 3학년 D반 다쓰미 신야

바다에 빠져 죽었다는 아키쓰 요시야를 그리는 마음으로 쓴 글임을 바로 알아차렸다.

─과거로 돌아갈 수는 없나요?

그건 선배의 소망이었으리라. 진실은 아직 불분명하지만, 적어도 선배는 과거에 미련이 남아 있다.

"뭐 봐?"

갑자기 뒤에서 목소리가 들려와 얼른 단자쿠에서 손을 뗐다.

"아, 그러고 보니 구온은 뭐라고 썼어?"

이노리는 나처럼 단자쿠를 뒤지다가 간단히 내 단자쿠를 찾아냈다.

"뭐야, 이게. 따분해!"

대충 예상했던 말이 날아들어서 무심코 쓴웃음을 지었다. 나는 자타가 공인하는 따분한 남자다.

"넌 아무것도 안 썼으면서."

따지고 나서야 아차 싶었다.

"어, 구온, 내 단자쿠 봤어?"

이노리가 실눈을 뜬 채, 어쩌다 보니 자백하는 꼴이 된 나를 다그쳤다.

"미안해. 다쓰미 선배랑 있을 때 우연히 봤어. 그런데 왜 아무것도 안 썼어?"

"그야 신한테 빈다고 소원이 이루어질 리 없으니까."

이노리만큼 이름과 상반되는 사람이 또 있을까.

"그리고 소원이 이루어진다면 여동생 소원이 이루어졌으면 좋겠어. 난 동생바라기거든."

어째선지 이노리는 자랑스럽게 말했다. 형제가 없는 나로서는 이해가 잘 안 되는 감정이다.

"그러고 보니 너희 집에는 어머니만 계시다고 했지? 아버지는 어디 계셔?"

이야기가 흐르는 대로 별생각 없이 물었다. 부모님이 돌아가신 내 입장에서는 그렇게 민감한 질문이 아니었다. 하지만 가정마다 복잡한 사정이 있는 법이리라.

이노리는 대답하기를 조금 꺼리는 표정이었지만, 머뭇거리면서도 알려주었다.

"내가 일곱 살 때 자살했어. 지금 엄마랑 재혼하고 얼마 안 지나서."

어쩐지 의문이 들어서 무심코 되물었다. "지금 엄마라니?"

"사정이 좀 있어서 지금 같이 사는 엄마는 친엄마가 아니야. 원래는 아빠의 불륜 상대였던 사람. 친엄마는 아빠와 불륜 상대 사이에 아이가 생긴 걸 알고서 나를 남겨두고 집을 나갔어."

"그럼 설마 그 여동생은……."

이노리는 고개를 살짝 끄덕이며 말했다. "아빠가 재혼하자 갑자기 여동생이 생겼지. 정말 깜짝 놀랐다니까."

하지만 동생을 만들어준 건 아빠에게 감사하고 있다며 이노리는 웃었다.

공교롭게도 친부모를 잃었다는 점에서 우리는 동병상련이었다. 분명 이노리도 지금까지 나와 비슷한 생각으로 살아왔으리라. 예기치 못하게 우리의 공통점을 알자, 어째선지 내가 싫어하는 운명이라는 두 글자가 떠올랐다.

그때 이노리가 생각지도 못한 행동에 나섰다. 갑자기 내 단자쿠를 조릿대 잎에서 떼어내는가 싶더니, 갈기갈기 찢어 버렸다. 설마 그렇게까지 할 줄은 몰랐기 때문에 나는 바닥에 떨어진 단자쿠 조각을 멍하니 바라보았다. 그러자 이노리가 예비용 단자쿠를 들고 말했다.

"좋아, 다시 쓰자!"

이노리는 아까까지 심각한 이야기를 했다는 게 믿기지 않을 만큼 쾌활한 표정이었다.

따분하다는 건 잘 알지만, 다시 써야 할 정도인지 몹시 의문이다. 애당초 신에게 빈다고 소원은 이루어지지 않는다고 자기 입으로 그랬으면서.

"다시 쓰라고 해도 쓸 말이 없는데."

"뭔가 없어? 꼭 소원이 아니더라도 결의라든가, 야망이라든가, 장래 희망이라든가."

"그러니까 평온하고 무사히 지낼 수 있게……."

갑자기 이노리가 뭔가 번뜩인 표정을 지었다. 대번에 찜찜한 예감이 뇌리를 스쳤다.

"구온, 눈 감아봐."

"또 그거야?"

"잔말 말고, 얼른."

나는 하는 수 없이 눈을 감았다. 언제나 그렇듯이 눈을 감고 있다가 "이제 됐어"라는 허락이 떨어지자 눈을 떴다. 이노리는 단자쿠를 조릿대에 매달며 만족스러운 웃음을 짓고 있었다.

"내가 대신 썼어."

"응? 뭐라고 썼는데?"

아무리 그래도 내 이름으로 단자쿠에 이상한 내용을 써서 매다는 건 봐줄 수 없어서, 다급히 뒤에서 단자쿠를 들여다보았다.

## 운명을 믿고 싶다, 1학년 C반 미쓰야 구온

"이 소원은 이루어질 거야. 왜냐하면 내가 이룰 테니까!"

단자쿠를 조릿대에 매단 후, 이노리가 나를 돌아보고는 엄지손가락을 세우며 의기양양하게 말했다. 따지자면 그건 내가 운명을 믿길 바라는 이노리의 소망이었다. 정말 끈질긴 녀석이다. 하지만 그 끈질긴 집념에 오히려 맥이 탁 풀려서 나도 모르게 웃음이 터졌다. 배를 잡고 웃는 나를 따라 이노리도 소리 내어 웃었다.

우리는 물리실에 온 목적도 잊고 한동안 정신없이 웃었다.

이날 야간 천체관측을 하다가 전철이 끊겨서 선생님이 나와 이노리를 차로 집까지 바래다주었다.

현관문을 열고 아무도 없는 집에 들어가자 고독감이 지금까지보다 더 크게 느껴졌다. 고독 자체는 늘 마음속 한복판에 있었지만, 혼자뿐인 이 시간이 얼마나 쓸쓸한지 새삼 실감했다.

그 이유는 명백하다.

아까까지 함께 웃었던 이노리의 일거수일투족이 머릿속

에 되살아났다.

실은 한참 전부터 알고 있었다. 하지만 모르는 척했다. 진심을 보였다가 거절당할까 봐 무서웠으니까. 하지만 이제 인정할 수밖에 없었다.

어느덧 이노리의 뒷모습을 좇는 버릇이 생긴 것도, 남과 즐겁게 이야기하는 이노리를 보고 질투심을 느끼는 것도, 자기 전에 늘 이노리를 생각하는 것도, 내 마음을 인정하면 전부 설명이 된다.

……아무래도 나는 정말로 이노리와 사랑에 빠진 모양이다.

어쩐지 신기했다. 좋아하는 여자가 이미 내 연인이라니.

내 마음을 인정한다고 해서 뭔가 변할까. 나로서는 아직 잘 모르겠다.

사랑에 빠지면 아무것도 손에 안 잡힌다더니, 아무래도 그런 현상이 실제로 일어나기는 하는 모양이다.

사랑에 빠진 내 마음을 인정한 날부터 수업을 받다가도, 책을 읽다가도 어느새 이노리 생각만 하고 있었다. 동아리 활동을 할 때도 이노리만 보느라 아름답게 반짝이는 별들마저 희미해 보일 정도다.

사실 이노리는 초신성 폭발 직후의 별처럼 광도가 급격히 높아졌다. 그 때문에 어디 있든 금방 눈에 띄고, 너무 밝은 탓에 정말로 아무것도 손에 잡히지 않았다.

어떻게 된 것 같았다. 이런 감정에 휘둘리다니 나답지 않았다. 평소의 내가 아닌 것만 같아서 어떻게든 해야 한다고 발버둥 칠수록, 개미지옥에 빠진 개미처럼 그 감정에 더 깊이 빠져들었다. 물론 이노리는 내 마음이 어떻게 변했는지 알 턱이 없다.

오늘도 동아리 활동 시간에 이노리가 거리감을 고려하지 않고 가까이에서 내 얼굴을 들여다보았다.

"왜 그래? 어쩜 오늘 이상한걸."

이노리가 코앞에서 커다란 눈으로 바라보자 감당이 안 될 만큼 심장이 쿵쿵 뛰었다.

"이, 이상하긴. 아무렇지도 않은데." 나는 바로 고개를 돌리고 대꾸했다.

"흐음." 이노리는 마음에 안 드는 듯 콧숨을 내쉬는가 싶더니, 또 얼굴을 바싹 갖다 대고 입을 열었다. "구온, 날 보면 가슴이 막 두근거리고 그래?"

"뭐?"

"생각해보면 한눈에 반한 것도 나지, 고백한 것도 나지, 툭 하면 다 내가 먼저니까 구온이 날 어떻게 생각하는지 걱정이 돼서."

남의 마음을 실컷 휘둘러놓고 이제 와서 걱정이라니. 그런 이노리와 사랑에 빠진 나도 나지만. 덕분에 네가 곁에 있을 때마다 심장이 너무 뛰어서 힘들다고 대답했다가는, 이노리가 의도한 대로 반응하는 게 아닌가 싶어서 입을 꾹 다물었다.

내가 아무 대답도 하지 않자 이노리는 고개를 갸우뚱하더니 더 터무니없는 소리를 했다.

"시험 삼아 키스해볼래?"

"엉? 무슨 소리를 하는 거야." 나는 누가 봐도 당황한 티를 내며 뒤집어진 목소리로 말했다.

지금까지는 등하교만 함께하는 건전한 관계였고, 이노리도 더 이상은 요구하지 않았다. 이노리를 좋아한다는 걸 최근에야 인정한 만큼 나도 뭔가 해보려고 마음먹은 적은 없었다. 만약 이런 관계가 계속 이어진다면 키스나 그 이상의 행위도 할지 모른다는 생각은 했지만, 설마 이렇게 빨리 그런 날이 올 줄은 상상도 못 했다. 좋아하지도 않는 상대가 키스를 원해도 난감하지만, 좋아하는 상대가 원하면 더 난감하다. 싫지 않은데도, 어떻게 얼버무리고 넘어가야 할지 모르겠으니까.

그때 이노리가 또 뭔가 번뜩인 표정을 지었다. 뭘 어쩔 작정인지는 모르겠지만, 바람직하지 못한 생각을 떠올렸을 게 뻔하다.

"좋은 생각이 났어! 가자!"

이노리는 그렇게 말하더니 벌떡 일어서서 내 팔을 잡고 교무실로 향했다. 우리는 천체관측할 때 사용한 비품을 옥상에 놔두고 왔다는 그럴싸한 거짓말로 열쇠를 받아서 옥상으로 직행했다. 맑은 여름 하늘이 우리를 반겼다.

대체 뭘 하려는 건지 경계하며 조금 거리를 두고 이노리를 따라갔다. 이노리가 옥상 가장자리의 블록 담장 너머로 아래를 내려다보더니 나를 향해 돌아섰다.

"구온, 잠깐 눈 감아봐."

정체 모를 불길한 예감이 뇌리를 스쳤지만, 거절해봤자 소용없으니 얌전히 시키는 대로 했다.

잠시 후 "이제 됐어"라는 이노리의 목소리에 눈을 뜬 순간

기겁했다. 이노리가 생사를 놓고 외줄 타기를 하듯, 지상 6층 짜리 본관 옥상의 블록 담장 위에 올라가 있었기 때문이었다.

"뭐하는 거야?"

느닷없이 자살을 시도하려는 듯한 이노리를 보고 놀라서 소리를 꽥 질렀다.

어떻게 이노리를 저기에서 끌어내려야 할까. 섣불리 다가가서 이노리를 자극하기는 싫었고, 그렇다고 선생님을 부르러 간 사이에 뛰어내리면 아무리 후회해도 소용없다.

무의식중에 부모님이 사고로 돌아가셨을 당시의 기억까지 되살아나서 심장이 심하게 뛰는 바람에, 냉정하게 대처해야 하는 상황인데도 도저히 평상심을 유지할 수 없었다.

"현수교 효과라고 알아?"

블록 담장 위의 이노리가 갑자기 그런 말을 꺼냈다.

"……뭐?"

"현수교같이 위험한 곳에서 불안이나 공포를 느낄 때 만난 사람과는 사랑에 빠지기 쉽다는 학설이야. 위험을 느끼고 가슴이 두근대는 건데, 상대방에게 호감을 품어서 그런 걸로 착각하는 거지."

설마 싶어서 물어보았다. "혹시, 현수교 효과를 노리고 이러는 거야?"

"가슴이 두근두근했어?" 이노리는 천연덕스럽게 빙긋 웃으며 말했다.

아무래도 이노리는 자살을 시도할 생각이 아니었던 모양이다. 일단 안심했지만, 자기 목숨을 너무 가볍게 여기는 이노리의 행동에서 일종의 위태로움을 느꼈다. 지금은 별생각 없이 이러는지도 모르지만, 언젠가 정말로 저기서 뛰어내려 사라지지는 않을까 걱정됐다.

그런 상상만 해도 트라우마로 남은 부모님의 죽음과 그 죽음을 초래한 무서운 사고가 머릿속에 되살아났다.

"이제 그만해."

"그럼 손 잡아줄래?" 이노리는 주눅 든 기색 하나 없이 블록 담장 위에서 장난치듯 말했다.

"그건 또 왜?"

"난 키스라도 상관없어."

"그러니까 왜 그러는 거냐고."

"봐, 구온이 손을 내밀어주지 않으면, 나 정말로 떨어질지도 몰라."

이노리는 일부러 뒤쪽을 신경 쓰는 눈치를 보이며 나를 도발했다.

"알았어. 하지만 하나만 약속해."

"약속?"

"다시는 이런 짓 하지 마. ······난 이제 다시는 소중한 사람이 죽는 모습을 보고 싶지 않아."

나는 고개를 숙이며 이노리에게 손을 뻗었다. 솔직히 조금 화가 났다.

잠시 후, 이노리가 내 손을 잡고 내려왔다. 생각했던 것보다 가늘고 작은 손이었다. 나는 그 손을 꽉 잡았다.

온기가 느껴지는 그 손이 내게 냉정함을 되찾아주었다. 괜찮다, 이노리는 죽지 않는다. 부모님 때와는 다르다고 머릿속에서 누군가가 다정하게 타일러주었다.

슬쩍 곁눈질하자 이노리는 예상과 달리 벌겋게 달아오른 얼굴을 푹 숙이고 있었다. 그러곤 "미안해" 하고 작게 중얼거렸다.

이노리를 꼭 끌어안고 싶은 충동에 휩싸였지만, 그런 망측한 짓은 당연히 못 한다. 우리는 아무 일도 없었던 것처럼 손을 놓고 동아리방으로 돌아갔다.


그로부터 얼마 지나지 않아 두 가지 사건이 발생했다.

한밤중에 누군가가 이스미 고등학교에 몰래 들어와 물리실에 있던 약품을 훔쳐갔다.

그리고 도난 사건과 거의 같은 시기에 근처에서 다른 사건이 발생했다. 해변에 자리 잡고 살던 길고양이 몇 마리가 한꺼번에 사체로 발견된 것이다. 골판지 상자에 담긴 상태로 발견된 고양이 사체에는 날붙이로 찌른 듯한 상처가 남아 있었다. 고양이 집단살해 사건은 뉴스에도 잠깐 언급됐는데, 살해된 고양이의 무늬와 특징 등은 자세히 밝히지 않았지만 한 가지만큼은 확실하게 보도됐다. 고양이 사체에는 찔린 상처 외에도 염화칼륨을 주사한 자국이 남아 있었다고 한다. 염화칼륨은 안락사 등에 사용하는 약품으로 유명하다. 그리고 학교에서 도난당한 물품도 염화칼륨 용액이었다.

길고양이 사체가 발견됐다는 소식을 들었을 때, 아마미야가 돌보는 흰 고양이가 제일 먼저 떠올랐다. 바로 확인하고 싶었지만 뉴스가 보도된 다음 날부터 아마미야는 학교에 나오지 않았고, 전화를 해도 받지 않았다. 뒤숭숭한 사건이 발생한 탓에 물리실을 동아리방으로 사용하는 우주부도 그 주는 동아리 활동을 중지해서 나와 이노리는 오랜만에 따로 하교했다.

사실 이노리는 얼마 후에 여름방학이 되면 아르바이트를 시작할 예정이었던 듯하다. 하지만 어차피 동아리 활동을 못 하게 됐으니까 이번 주부터 바로 일하기로 했다고 한다.

다음 주에야 등교한 아마미야를 보자마자 고양이의 안부를 확인했다.

　"없어졌어." 아마미야는 내뱉듯이 말했다.

　"없어졌다니, 설마……."

　"나도 몰라."

　아마미야의 얼굴에는 초조한 기색이 역력했다.

　이럴 때 돌보는 고양이가 없어지면 누구든 최악의 상황을 염두에 둘 것이다. 생각하기도 싫지만 그럴 수밖에 없다.

　그런데 그날 고양이를 걱정하느라 여념이 없던 아마미야가 학교가 끝난 후 교무실로 불려갔다. 그 이유를 듣고 나는 경악했다. 아마미야가 약품 도난 사건에 관여했다는 의혹이 제기된 것이다.

　나와 이노리는 즉시 교무실로 달려가 단호하게 부정하며 항의했지만, 교사들은 아마미야에게 이야기를 들어보려는 것뿐이라며 상대해주지 않았다.

　불안한 마음을 끌어안은 채 우리는 동아리 활동을 쉬고 바다에 꽃다발을 가져다놓으러 갔다.

　고양이 사체가 발견된 곳에는 이미 고양이 간식과 장난감이 잔뜩 놓여 있었다. 살해된 길고양이들이 지역 주민에게 얼마나 사랑을 받았는지 느껴졌다.

이노리도 꽃다발과 사과맛 사탕을 내려놓았다. 고양이가 사과맛 사탕을 먹을 것 같지는 않았지만, 이노리 나름의 성의이겠거니 싶어 아무 말도 하지 않았다.

나는 아마미야가 돌보았던 고양이를 떠올리며 바다에 대고 두 손을 모았다. 이럴 줄 알았으면 무리해서라도 그때 내가 고양이를 데려갈 걸 그랬다고 후회하면서.

"아사히, 괜찮으려나." 두 손을 모은 내 옆에서 이노리가 걱정스럽게 말했다.

물리실에서 도둑맞은 염화칼륨 용액과 고양이 살해에 사용된 염화칼륨 용액이 일치한다면, 이 두 사건은 동일범의 소행인 셈이다. 그렇다면 역시 아마미야는 범인이 아니다.

비에 흠뻑 젖으면서도 고양이에게 우산을 씌워주는 사람이 고양이를 죽일 리 없다.

"걱정하지 마, 그 녀석은 그냥 애묘 양아치잖아."

내 말에 이노리는 그제야 약간 안심한 표정을 지었다.

우리 예상대로 약품을 훔쳤다는 혐의가 인정되지 않아서 아마미야에게 제기된 의혹은 일단 풀렸다. 하지만 범인을 찾은 게 아니므로, 아마미야에게 제기된 의혹도 완전히 사라진 건 아니다.

결국 짧은 기간에 발생한 두 가지 사건이 미결로 남은 채 여름방학이 시작됐다.

……그리고 이 미결 사건은 최악의 사건으로 이어진다.

"미쓰야, 큰일 났어! 당장 텔레비전 틀어봐!"

활짝 열어놓은 창문으로 뙤약볕과 매미 소리가 사정없이 쏟아지던 8월 하순.

몹시 당황한 다쓰미 선배의 전화를 받고 얼른 텔레비전을 켰다.

여름방학과 휴가가 한창이지만, 주간 보도 프로그램은 쉬지 않고 방송한다. 오늘은 익숙한 뉴스 캐스터가 있는 스튜디오가 아니라, 중계차가 나가 있는 어느 가정집이 계속 화면에 잡혔다. 출입금지 테이프와 파란 시트를 쳐놓은 그 가정집 앞에 다른 방송국 보도진도 대거 몰려와서 어수선한 분위기가 전해졌다.

화면 오른쪽 가장자리에 '지바 현 이스미 시에서 생중계'라는 자막이 표시됐다. 근처라고 생각한 것과 동시에 언젠가 보았던 집이라는 사실을 알아차렸다. 예전에 동아리 활동을 마치고 시도 선생님이 이노리와 나를 집까지 바래다주었을 때 보았던 광경이 머리를 스쳤다.

그리고 바로 생각이 났다. 지금 텔레비전 화면에 비치고 있는 이 가정집은 이노리네 집이다.

그 순간 심장이 시끄럽게 난리를 쳤다. 그 정체 모를 두근거림은 현장에서 유창하게 실황을 중계하는 리포터의 말과 함께 현실로 변했다.

젊은 남자 리포터가 카메라에 시선을 던지며 빠르게 되풀이해 말했다. "이곳은 현장입니다. 오늘 아침, 이곳에 사는 주민의 신고를 받고 집을 방문한 경찰관이 칼에 등을 찔린 상태로 골판지 상자에 들어 있던 남자 대학생을 발견했습니다. 그 후 남자 대학생은 사망한 걸로 확인됐습니다. 그리고 시신과 함께 염화칼륨 용액으로 추정되는 약품이 든 용기와 주사기도 발견됐는데요. 남자 대학생에게 그 약품이 투여됐을 가능성도 있다고 합니다. 이 집에는 어머니와 두 딸이 살고 있는데, 현재 15세인 큰딸과 연락이 되지 않는 상황입니다. 남자 대학생과 어떤 관계인지는 아직 밝혀지지 않았습니다만, 경찰은 자취를 감춘 큰딸이 사정을 알고 있을 것으로 보고 행방을 쫓고 있습니다. 다시 말씀드리겠습니다."

35도가 넘는 폭염인데도 팔다리가 고장 난 것처럼 벌벌 떨렸다. 전화 저편에서 다쓰미 선배가 뭐라고 말했지만, 하나도 귀에 들어오지 않았다.

……세상이 무너진다.

그저 그런 예감만이 나의 우주를 암흑 물질처럼 가득 채웠다.

살인 혐의를 받는 이노리가 실종된 후, 사건의 자세한 내용이 조금씩 밝혀졌다.

살해당한 피해자는 이노리가 아르바이트하는 곳의 동료로, 두 사람은 거기에서 친분을 쌓은 것으로 추측하고 있다. 사건 당시 집에는 이노리와 여동생이 있었다고 추정되지만 여동생은 이미 잠든 상태라 사건이 일어난 줄 몰랐고, 새벽녘에 귀가한 어머니가 뚜껑이 닫힌 골판지 상자에서 시신을 발견하고 경찰에 신고해 사건이 발각됐다.

현장에서 사라진, 피해자와 이노리의 스마트폰은 아직 발견되지 않았다. 시신에서는 칼에 찔린 상처 외에 주사를 놓은 자국이 발견됐으며 수면유도제도 검출됐다. 또한 염화칼륨 용액이 투여됐다는 사실이 나중에 판명됐다. 사건에 사용됐다고 추정되는 염화칼륨 용액은 시신과 함께 골판지 상자에 들어 있었다.

그 염화칼륨 용액은 여름방학이 되기 전, 우리 학교 물리실에서 도난당해 고양이 집단살해 사건에 사용된 것과 동일하다는 사실도 밝혀졌다. 학교 물리실에 있는 컴퓨터에 '염화칼륨, 완전범죄' 등을 검색한 기록이 남아 있었기 때문에, 경찰은 두 사람 사이에 무슨 문제가 생겨서 이노리가 계획적으로 살인을 꾀했을 가능성이 높다고 보고 있다.

7월에 살해당한 고양이의 상태와 숨진 피해자의 상태가 흡사하다는 이유로 고양이 집단살해 사건이 이번 살인 사건의 예행연습 아니었겠느냐고 보도하는 방송국도 있었다.

사건이 발생한 후 당연히 우리 집에도 경찰이 찾아왔다.

경찰이 사건 전후에 이노리에게 뭔가 이상한 점이 있었거나, 연락은 없었느냐고 물었지만 아무것도 모른다고 대답했다. 하지만 거짓말이었다.

……나는 살인 사건이 일어난 직후로 추정되는 시간대에 이노리와 만났다.


여름방학 막바지인 8월 하순, 구름 한 점 없는 하늘에 초승달이 뜬 밤이었다.

여름방학이 시작된 후로도 우주부는 일주일에 세 번꼴로 학교에 모였다. 천체관측도 했지만 주된 목적은 여름방학이 끝나고 열리는 축제에 출품할 천체투영기를 제작하는 것이 었다.

집에서 홀로 지내는 나는 오히려 학교에 갈 일이 있어서 고마웠다. 시간이 많으면 쓸데없는 걱정만 늘어나는 법이다. 예를 들면 여름방학 전에 이노리와 집에 따로 갔던 날, 이노 리가 아마미야와 단둘이 있는 모습을 봤다고 다쓰미 선배 가 원하지도 않은 정보를 알려주는 바람에 심란했던 일이라 든가.

페르세우스자리 유성군이 절정에 다다랐던 그날, 학교에 서 야간 관측을 할 예정이었다. 천체관측에는 초승달이 떠 서 달빛의 영향이 적은 밤이 적합하다. 낮 동안 축제 준비를 했던 우리는 야간 관측을 하기 전에 해변의 정식집에 가서 시도 선생님에게 받은 1만 엔으로 맛있게 저녁을 먹었다.

테이블에 둘러앉아 저녁을 먹다가 다쓰미 선배가 시시한 농담을 하면 이노리는 내 어깨를 두들기며 폭소하고 아마미 야는 불쑥 독설을 내뱉는다. 그게 더 웃음을 자아낸다. 그런 하잘것없는 대화와 아무것도 아닌 시간이 어째선지 아주 반짝반짝 빛나 보였다.

별자리에 별이 몇 개인지 정해져 있듯이 우리 넷이서 하나의 별자리를 이루고 있었는지도 모른다. 누구 한 명만 빠져도 더는 우주부가 아닌 것 같은 느낌이 들었다.

밥을 다 먹고 학교로 돌아가려는데, 이노리가 초조한 기색으로 가방을 뒤졌다.

"앗, 열쇠가 없네." 그리고 허둥지둥 어딘가 전화를 하더니 어깨를 축 늘어뜨리며 한숨 섞인 목소리로 말했다. "나, 오늘은 이만 가봐야겠어. 아마도 열쇠를 집에 두고 온 것 같은데, 동생이 일찍 자거든. 빨리 안 가면 집에 못 들어갈 거야."

"어, 부모님이 집에 안 계셔?" 다쓰미 선배가 신기하다는 듯 물었다.

"저희 부모님은 밤에 일하셔서 이 시간에는 집에 안 계세요. 문 잠그지 말고 자라는 위험한 소리는 차마 못 하겠고. 아아, 페르세우스자리 유성군 관측하고 싶었는데. 시도 선생님께 말씀 좀 해주세요. 저는 이만 갈게요!"

이노리는 양손을 얼굴 앞에 마주 모은 후, 마지막으로 "구온, 내년에는 꼭 같이 관측하자!"라는 말을 남기고 역으로 달려갔다. 나는 그 뒷모습을 서운한 기분으로 배웅했다. 이노리가 빠진 것만으로도 기력을 반쯤 잃었지만, 어쩔 수 없이 셋이서 학교로 돌아갔다.

　페르세우스자리 유성군도 절정이라고는 하나 끝물이었기에, 그렇게 많이 관측하지는 못했지만 밤 11시까지 몇 번은 관측에 성공했다. 이왕 시작한 김에 날이 샐 때까지 집에서 관측해야겠다고 속으로 계획을 세웠다. 그날도 시도 선생님이 차로 집까지 바래다주었다.

　"간다는 요즘 어떠니?" 이노리 없이 단둘뿐인 차 안에서 시도 선생님이 느닷없이 물었다.

　"어떠냐니, 뭐가요?"

　"미쓰야한테 뭔가 고민 같은 걸 털어놓지는 않나 싶어서. 미쓰야, 간다와 사귀고 있잖아?"

　새삼 확인하자 역시 말문이 막혔다. 상대가 교사라서 더 그랬다. 이제는 서로 좋아하니까 전혀 거리낄 것이 없지만, 말로 하려니 어쩐 민망했다.

　"뭐, 네⋯⋯." 나는 쑥스러움을 감추려고 관자놀이를 긁적이며 대답했다.

　"평소 간다가 뭔가 상의하거나 그러지는 않고?"

　질문의 연속이다. 분명 뭔가 알아내려는 것처럼 느껴졌다.

　"무슨 일 있었나요?"

　내 질문에 선생님은 조금 망설이는 낌새를 보이다가 간다에게는 비밀로 하렴, 하고 당부한 후 알려주었다.

"······실은 얼마 전에 자퇴를 상담하러 왔거든."

무심코 두 귀를 의심했다. 아닌 밤중에 홍두깨가 따로 없었다. 나는 이노리와 3년간 학교생활을 함께할 생각이었고, 이노리도 그럴 것이라 믿었으니까.

"일단 부모님을 뵙고 이야기하자고 설득해서 흐지부지 넘어가기는 했는데, 혹시 미쓰야라면 뭔가 알지 않을까 싶어서."

일전에 이노리와 시도 선생님이 말다툼하는 모습을 보았다고 다쓰미 선배가 그랬는데, 어쩌면 이 일과 관련된 말다툼이 아니었을까 직감했다.

이노리에 대해 어느 정도는 안다고 생각했지만 너무 자만했는지도 모르겠다. 다양한 이야기를 참 많이 했는데, 왜 그렇게 중요한 이야기는 해주지 않았을까. 내가 그렇게 못 미더웠나 싶어 한탄스러웠다.

"죄송해요. 아무것도 몰랐네요." 나는 힘없이 대답했다.

"그렇구나, 갑자기 이런 이야기를 꺼내서 미안해. 뭐, 나도 상황을 계속 지켜볼게. 고마워."

집에 돌아온 후에도 그 일이 계속 머릿속을 맴돌았다.

직접 물어보려고 스마트폰을 꺼냈지만 선생님이 말하지

말라고 했고, 이노리도 내게는 알리고 싶지 않아서 비밀로 했을지도 모른다. 그렇게 생각하자 더는 파고들기가 꺼려졌다.

일단 기분 전환을 하려고 툇마루에 앉아 밤하늘을 올려다보았다. 이노리도 지금 하늘을 바라보고 있을까. 대체 어떤 심정으로······.

깊어지는 밤, 하늘에서 간간이 떨어지는 유성을 바라보고 있을 때, 갑자기 스마트폰이 울렸다.

화면을 확인하자 이노리의 전화였다.

너무 마침맞게 전화가 와서 동요한 마음으로 스마트폰을 귀에 댔다.

"여보세요?"

하지만 이노리는 대답하지 않았다. 한 번 더 "여보세요" 하고 말하자 이노리의 숨소리가 작게 들렸다. 뭔가 이상하다.

"이런 시간에 어쩐 일이야?"

"······구온, 지금 볼 수 없을까?"

"어, 지금?"

거실에 걸린 시계를 보았다. 새벽 12시 50분.

물론 전철은 없고, 여기에는 택시도 잘 지나다니지 않는다.

하지만 그렇기에 이런 시간에 나를 불러내는 데는 이유가 있을 터였다. 평소와 달리 기운 없는 목소리에서 어쩐지 불안함과 심란함이 느껴졌다. 삼나무 아래에서 보았던 이노리의 모습이 머릿속에 떠올랐다.

"무슨 일 있었어?"

"삼나무 밑에서 기다릴게, 부탁이야."

"지금 거기 있어?"

"……역시 아무것도 아니야. 괜찮아. 미안해."

이노리는 그렇게 말하고는 일방적으로 전화를 끊었다. 바로 다시 걸었지만 받지 않았다.

여기서 그 삼나무까지 자전거로 약 한 시간은 걸린다. 하지만 고민할 틈도 없이 나는 집을 뛰쳐나갔다. 1초라도 빨리 이노리에게 가고 싶었다. 나를 믿고 전화한 이노리에게 한시라도 빨리 달려가 곁에 있어주고 싶었다.

집 앞에 세워둔 자전거에 올라타 온 힘을 다해 페달을 밟았다. 숨을 헐떡이며 여름밤을 가르고 이노리에게 달려간다. 시간이 흐를수록 홀로 고민하고 있을 이노리가 걱정돼서 마음이 급해졌다. 열심히 페달을 밟은 지 40분쯤 지나 드디어 삼나무가 있는 곳에 도착했다.

주변은 캄캄했지만 자전거 전조등 불빛이 앞쪽의 삼나무를 비췄다. 삼나무 옆에 자전거를 세우고 어둠 속에서 삼나무 밑동으로 걸음을 옮겼다.

……거기에 이노리가 무릎을 끌어안고 앉아 있었다.

이마에서 흐르는 땀을 티셔츠 소매로 닦으며 이노리에게 다가가자, 발소리를 듣고 이노리가 고개를 들었다. 이노리의 눈은 빨갛게 충혈된 채 부어 있었다. 역시 무슨 일이 있었나 보다.

"……와줬구나. 이런 시간에 불러서 미안해." 이노리가 가냘픈 목소리로 중얼거렸다.

약간 코맹맹이 소리인 건 울었기 때문일까. 이노리가 우는 모습은 처음 봐서 솔직히 내심 당황스러웠다.

"무슨 일이야?"

물어보았지만 이노리는 입을 꾹 다문 채 대답하지 않았다.

이노리는 수다쟁이로 보이지만, 분명 중대한 일일수록 입 밖에 내지 않는 성격이다. 자퇴 이야기도 그렇다. 더 캐묻는다고 대답해줄 것 같지는 않았다.

그때 퍼뜩 깨달았다.

나는 그저 이노리 옆에 있는 것만으로 족하다.

이노리가 암흑 속에 있을 때, 내가 곁에 있음으로써 이노리의 마음이 조금이나마 가벼워진다면 그걸로 족하다.

서로 모든 걸 알지 못하더라도 곁에 머물러주는, 그런 형태의 사랑이 있어도 되지 않을까.

나는 이노리 옆에 앉아서 초승달이 뜬 하늘을 바라보며 말했다. "페르세우스자리 유성군, 이제 같이 볼 수 있겠네."

이노리는 울어서 부은 얼굴을 들어 하늘을 올려다보았다.

별은 느닷없이 온 하늘 가득 보이지 않는다. 밤의 어둠에 눈이 익숙해지면 보이지 않았던 별들이 서서히 눈에 들어오는 법이다. 우리도 그렇게 서서히 서로에게 보여주면 된다. 오랜 시간 함께 지내면 지낼수록 분명 원하지 않아도 알아가게 될 것이다. 어느덧 우리는 단둘뿐인 우주 같은 곳에서 바싹 붙어 앉았다.

밤에는 담이 좀 커진다. 밤에는 이성보다 감정이 앞서니까, 평소 창피해서 하지 못하는 말도 비교적 쉽게 나오는 듯하다.

"실은 좀 기대했었어. 너랑 페르세우스자리 유성군을 보는 거."

나는 호랑이의 위세가 아닌, 밤의 위세를 빌린 여우처럼 중얼거렸다. 하지만 거짓말은 아니었다. 이노리는 조금 의외라는 표정을 지은 후 "나도" 하고 말했다.

"……구온."

갑자기 이노리가 내 이름을 불렀다.

"왜?"

"······구온은 참 좋은 이름이야(구온을 한자로 표기한 구원(久遠)에는 아득히 멀고 오램, 영원함이라는 뜻이 있다-옮긴이)."

"갑자기 뭐야?"

"갑자기가 아니라 계속 그렇게 생각했어. ······먼 과거, 미래, 언제까지고 계속되는 것, 영원. 이렇게 멋진 이름은 또 없어."

이노리가 내 이름 '구온'에 담긴 뜻을 늘어놓았다.

"그런가."

"그럼, 구온한테 딱 어울려."

"네 이름은 뭐랄까, 몹시 비과학적이야."

"······세상에는 신에게 빌어도 해결되지 않는 일뿐인데 말이지." 이노리는 자학하듯 쓴웃음을 지었다.

"······하지만 난 좋아해, 네 이름."

누군가와 마주 보고 좋아한다고 말하는 건 난생처음이었다. 실은 이름뿐만이 아니다. 이노리를 좋아한다고 말하고 싶었다. 하지만 밤의 위세를 빌린 정도로는 그렇게 엄청난 말을 꺼내기가 힘들었다. 그래도 꽤 과감했던 내 고백에, 이노리가 다시 입을 다물었다.

어쩔 줄 몰라서 유성을 찾는 척 하늘로 눈을 돌렸을 때 우리는 동시에 소리쳤다.

한층 눈부신 유성이 어두운 밤을 가르고 지나갔다. 우리는 눈이 휘둥그레진 채 얼굴을 마주 보았다. 그 순간, 이노리의 얼굴에 미소가 살짝 돌아와서 나는 겨우 안도했다.

오늘 이노리에게 무슨 일이 있었는지는 모른다. 이노리가 사라지고 싶다고 했었을 때도 그랬다. 하지만 무슨 일이 생기든, 나는 그때마다 이노리에게 달려갈 것이다. 그리고 또 이노리에게 웃음을 찾아주면 된다. 분수에 맞지 않게 또 그런 생각을 했다.

"전에 같이 여기 왔을 때도 구온이 날 위로해줬었지."

"그랬나?"

"응. 내가 눈을 감으라고 했을 때, '나는 눈을 감아도 네가 옆에 있으면 좋겠다고 생각했어'라고 했잖아. 그때 정말 기뻤어. 그 후로도 여기 올 때마다 그 말을 떠올리며 위안을 얻었어."

그날 있었던 일은 지금도 생생히 기억난다.

달도, 자기도, 아무도 보지 않을 때는 여기 없을지도 모른다. 그렇게 말하고 내게 눈을 감으라고 한 건 양자역학을 적용한 이노리의 작은 실험이었다. 하지만 그건 이노리를 위로할 생각으로 꺼낸 말이 아니었다.

내 진심이었다. 분명 그때부터 나는 이노리에게서 눈을 떼지 못했다.

"슈뢰딩거의 고양이 이야기, 기억나?"

"응, 기억나."

"구온은."

응, 하고 고개를 끄덕이며 이노리의 얼굴을 들여다보았다.

"상자 뚜껑을 열었을 때 고양이가 살아 있을 것 같아? 죽었을 것 같아?"

그 사고실험에서 상자 속 고양이는 생사의 확률이 반씩 중첩되어 있지만, 뚜껑을 열어 관측한 순간 어느 한쪽으로 결과가 확정된다.

"글쎄, 가능성은 반반이니까."

머릿속으로 아마미야가 돌보았던 흰 고양이를 슈뢰딩거의 고양이에 겹쳐보았다. 결국 그 고양이는 여름방학이 시작되기 전에 사라진 뒤로 지금까지 발견되지 않았다. 흉흉한 사건이 있었던 직후라, 다들 그 고양이도 그때 죽은 것 아니겠느냐고 생각하면서 입 밖에 꺼내서 말하지는 않았다. 그렇기에 이런 대답에 다다른 것이리라.

"역시 살아 있으면 좋겠네."

내 대답에 이노리는 왠지 조금 안심한 듯한 얼굴로 미소 지었다.

"구온이라면 분명 그렇게 말할 줄 알았어."

무슨 소리냐고 묻기 전에 이노리가 또다시 뜻밖의 질문을 던졌다.

"구온, 완전범죄는 가능할까?"

갑작스러운 질문에 나는 의아한 기분으로 고개를 갸웃거렸다.

그러고 보니 시도 선생님이 슈뢰딩거의 고양이 이야기를 들려준 날, 아마미야도 비슷한 이야기를 했던 게 기억났다. 그 이야기일까.

"불가능하지는 않겠지. 쉽진 않겠지만. 그런데 갑자기 왜?"

아니야 그냥, 하고 이노리는 고개를 저으며 어깨를 으쓱했다. 그리고 잠깐의 정적이 흐르고 이노리가 다시 입을 열었다.

"……구온, 눈 감아봐."

"또 그거야?"

"응, 부탁이야. 눈 감아봐."

벌써 몇 번째일까. 이노리의 이 실험을 도와주는 건.

어쩔 수 없이 평소처럼 눈을 감았다.

밤바람 소리와 방울벌레 소리가 여기저기서 들렸다. 옆에 앉아 있을 이노리는 조용했다. 이노리가 신호해주기를 잠시

기다렸지만, 목소리가 들릴 낌새는 전혀 없었다.

"이제 눈 떠도 돼?"

내가 묻는데도 이노리는 대답하지 않았다.

참다못해 눈을 살짝 떴을 때, 이노리는 어디에도 없었다.

그리고 그것이 내가 마지막으로 본 이노리의 모습이었다.


나는 이때의 일을 경찰뿐만 아니라 그 누구에게도 말하지 않았다. 말하면 나와 이노리 둘만의 세계가 부서질 것 같았으니까.

……하지만 경찰이 집에 찾아왔을 때, 살해당한 대학생이 아마미야의 형이라는 사실을 알았다.

# 슈뢰딩거의 그녀

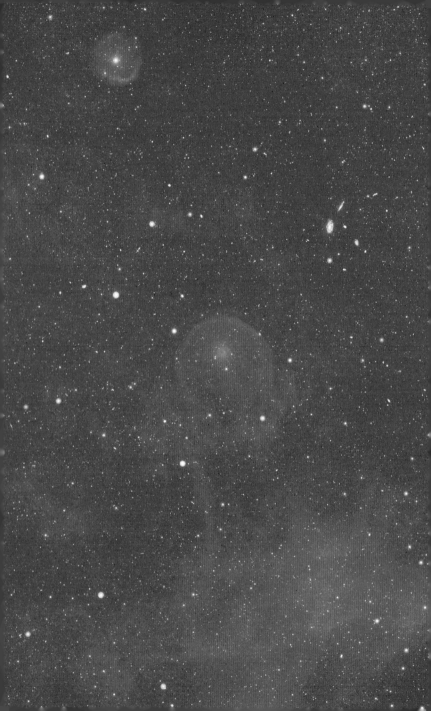

우주와 뇌는 구조가 비슷하다.

2006년 《뉴욕타임스》에 실린 어떤 기사가 화제에 올랐다. 쥐의 뇌 신경 세포와 우주를 시뮬레이션한 이미지가 똑 닮았다는 내용이었기 때문이다.

그 후 연구를 통해, 수학적으로도 뇌 신경과 우주가 같은 원리로 형성됐을 가능성이 있다는 결론이 내려졌다.

……우주와 인간은 공존하는 관계일지도 몰라.

어느 날 시도 선생님이 동아리 활동 시간에 그렇게 말했다.

다원우주론에서는 이 우주가 인간에게 너무 호의적으로 만들어졌기 때문에 그밖에도 무수히 많은 우주가 존재한다고 보지만, 우주는 인간이 관측해야 비로소 존재한다는 '인류 원리'라는 가설도 있다. 'it from bit'(정보에서 존재가 비롯된다),

즉 반대로 말해 관측하는 인간이 없으면 우주는 존재하지 않는다. 이 우주가 인간에게 호의적으로 만들어진 것이 아니라, 인간이라는 정보처리 시스템이 편의적으로 우주를 보고 있는 것에 지나지 않는 것이다. 애당초 이 우주를 구성하는 모든 요소는 그저 실체 없는 정보에 불과할지도 모른다. 실제로 뇌에서 정보를 처리하는 과정도 컴퓨터와 똑같이 디지털 기호로 변환할 수 있다고 한다.

관측할 때까지 삶과 죽음이 중첩된 상태인 슈뢰딩거의 고양이처럼 우리가 눈을 감고 있는 동안 어쩌면 세계는 한없는 혼돈 상태일지도 모른다.

절대적으로 여겨지는 눈앞의 세계도 인간이 편의적으로 만들어낸 환상이라면.

언젠가는 우리가 여기 존재한다는 사실을 근본부터 재검토할 필요가 있을지도 모르겠다. 그렇다면 꿈과 현실의 차이는 뭘까. 현실과 망상은. 망상과 기억은.

현실은 참된 진실, 꿈은 잠든 사이에 보는 환상.

망상은 자신의 욕망이나 이상, 기억은 입맛에 맞게 편집한 과거의 조각.

이것들이 전부 단순한 정보에 불과하다면, 나는 지금 왜 이렇게 고통스러운 걸까. 왜 가슴이 조이듯이 아픈 걸까.

현실은 꿈이나 망상과 다름없이 그저 정보에 불과할지도 모르는데.

이노리는 초승달이 뜬 그날 밤, 내가 눈을 감고 있는 사이에 사라졌다. 살아 있으면서 죽었기도 한 슈뢰딩거의 고양이처럼.

경찰이 살해 사건 용의자인 이노리를 혈안이 되어 찾는 한편으로, 나도 이노리가 사라진 다음 날부터 독자적으로 수색에 나섰다.

실종 신고를 하지 않는 사례도 포함하면 일본에서 실종되는 사람은 매년 10만 명이 넘는다고 한다. 그중 80퍼센트는 발견되지만, 실종된 지 한 달이 지나면 발견될 확률이 현저하게 낮아진다. 석 달이 지나면 5퍼센트 수준까지 낮아지는 걸 알고 도저히 가만히 있을 수가 없었다.

도쿄와 달리 자연에 둘러싸인 이 지역에는 CCTV가 그렇게 많지 않다. 따라서 CCTV가 있는 곳은 경찰이 이미 확인했을 것이다.

전철이나 버스로 이동하면 경찰에게 금방 발견되리라. 운전면허는 없으니 남은 이동 수단은 자전거나 도보다. 그렇다면 아직 그렇게 멀리까지 가지는 못했을 확률이 높으리라고 보고, 나는 아침부터 밤까지 자전거를 타고 시내를 돌아다녔다. 잡목림과 들판을 내달렸고, 둘이서 같이 갔었던 곳은 더 유심히 찾아보았다.

나라면 찾아낼 수 있지 않을까. 나는 다름 아닌 이노리의 남자친구니까. 내 앞에는 나타나주지 않겠느냐고 그렇게 나 자신을 과신했다.

해가 져서 주변이 어두워지면 삼나무로 가서 레골리스가 빛나는 달을 바라보며 이노리가 나타나기를 기다렸다. 하지만 이노리는 내 앞에 나타나지 않았다.

그래서 무작정 기다리는 대신 나는 삼나무 앞에 앉아 눈을 살며시 감았다. 이노리가 첫 데이트라며 데려온 자신만의 비밀 장소.

눈을 감자 옆에 이노리가 있는 것처럼 느껴졌다. 평소처럼 "이제 됐어" 하고 말을 걸어주지 않을까 싶을 정도로. 이제 이노리를 만날 수 없다니 도저히 믿기지 않았다. 지금까지 있었던 일은 전부 꿈이고, 학교에 가면 이노리가 있을 거라는 기대를 내려놓을 수 없었다. 하지만 여름방학이 끝나고 2학기가 시작돼도 이노리는 학교에 나오지 않았다.

사건이 발생하고 한동안은 매일같이 뉴스 프로그램에서 사건을 다루었지만, 이노리가 쉽사리 발견되지는 않을 것 같자 썰물 빠지듯 다른 일들을 화제에 올렸다.

그래도 나는 이노리와 관련된 정보를 계속 찾았다.

인터넷상에는 이노리에 대한 허위 정보와 악담이 줄지었다. 나도 모르게 반론하고 싶은 마음을 꾹 참고, 그중에서 신빙성 있는 정보를 찾아내려 애썼다. 후지산의 수해(후지산 북서쪽에 펼쳐진 약 30제곱킬로미터 크기의 원시림으로, 자살의 명소로 유명하다-옮긴이) 부근에서 이노리와 비슷하게 생긴 여자를 보았다는 미심쩍은 목격 증언과 함께, 죄책감을 이기지 못해 자살한 것 아니겠느냐고 주장하는 네티즌도 있었지만 진상은 아직 불투명하다.

매스컴은 살해당한 아마미야의 형과 이노리가 남녀관계였으며, 치정 싸움 끝에 살인이 발생한 것으로 보인다는 편향된 보도로 사람들을 선동했다. 그 때문인지 학교에 가면 나를 바람난 여자친구에게 속아 넘어간 불쌍한 남자로 여기는 눈빛이 날아들었다. 하지만 이노리는 내가 더 잘 안다. 그러니까 내가 보아온 것만 믿기로 결심했다.


2학기가 시작되고 얼마 지나자 아마미야가 예전처럼 등교했다.

사건에 관해 모르는 사람이 없지만, 아마미야는 주변의 시선을 신경 쓰는 낌새가 전혀 없었다.

"벌써 학교에 나와도 괜찮겠어?"

걱정됐는지 다쓰미 선배가 말을 걸자 아마미야는 "내가 죽은 것도 아닌데 뭘" 하고 내뱉듯이 말했다.

아마미야는 우주부를 그만두지 않았다. 변함없이 동아리 방에서 잠을 자는 그 모습은 같은 학교 학생에게 가족이 살해당해 초췌해진 피해자 유족 같아 보이지 않았다. 하지만 그 덕분에 이노리가 실종된 후에도 최소 규정 인원을 유지해서 우주부는 폐지를 면했다.

다쓰미 선배는 지금까지보다 더 사근사근하게 웃으며 우리를 대해주었다. 그래서 나도 학교에서는 평상시처럼 지내려고 노력했다. 하지만 아무리 지금까지처럼 지내려고 노력해도, 어쩐지 늘 허전했다.

이유는 명백했다. ……여기에 이노리가 없으니까.

이노리가 없는 우주부는 베텔게우스를 잃어버린 후의 오리온자리처럼, 다른 별에는 아무 영향이 없는 듯하면서도 모든 것이 결정적으로 변하고 말았다. 그 빈자리에는 이노리가 없다는 데서 비롯된 쓸쓸함이나 슬픔, 먹먹함이 성운처럼 희미하게 자리를 잡고 있어서, 이노리가 없다는 현실을 제대로 받아들이지 못하고 있다. 눈앞에 있었던 사람이 한

명 사라진 것만으로도, 세상은 마치 색채를 잃은 것처럼 살풍경해졌다.

두 번째였다. 부모님이 없어졌을 때도 세상은 색채를 잃었다. 세상이 또 무색으로 변해서 나는 지금까지 이노리가 채색한 세상에 있었음을 실감했다. 하지만 그 세상도 잃어버렸다.

이 세상에 절대적인 건 없다. 세상의 모든 것은 결국 사라질 운명이다.

모든 것이 기한부고, 영원히 계속되는 건 단 하나도 존재하지 않는다.

사람이고, 역사고, 몇 억 년이나 빛나는 별이고 언젠가는 반드시 죽는다.

알고 있었건만, 행복의 꿀을 빠는 사이에 그만 그 사실을 잊어버렸다. 이런 행복이 영원히 계속되는 것 아닐까 착각하고 말았다.


"이 세상의 모든 건 언젠가 전부 무로 돌아갈 텐데, 왜 태어난 걸까요?"

이노리가 실종된 후 옥상에서 천체관측을 했을 때, 나는 허탈감에 휩싸여 시도 선생님에게 물었다.

시도 선생님은 안경 안쪽의 눈을 깜박이다 눈치챘다는 듯 물었다. "간다 생각을 하는 거니?"

나는 고개도 끄덕이지 않고 옥상 바닥을 멍하니 내려다보았다.

"······제게는 이제 아무것도 남은 게 없는 기분이에요."

뭘 해도 집중이 되지 않는다. 뭘 해도 어느덧 이노리와 그걸 함께했던 기억이 떠올라, 이노리를 잃었다는 절망감으로 눈앞이 캄캄해진다. 마치 블랙홀에 빨려들어 빛이고 시간이고 전부 잃어버린 것처럼.

시도 선생님은 작게 탄식한 후, 별이 가득한 하늘을 올려다보며 나직하게 중얼거렸다. "하지만 양자역학에서 완전한 무는 존재하지 않는단다."

그 말에 나는 고개를 들어 선생님을 쳐다보았다.

"늘 무와 유 사이를 오가고 있지. 거시세계에서는 진공 상태에 아무것도 없는 것처럼 보이지만, 미시세계에서는 진공 상태에서도 늘 전자와 양자 같은 소립자가 쌍으로 태어나 결합과 소멸을 되풀이하거든."

전에 이노리와 우주의 시초에 대해 이야기했던 일이 생각났다.

"터널 효과로 아무것도 없는 우주에 다른 세계의 물질이 나타난 게 우주의 시초 아니겠느냐고 전에 이노리와 이야기한 적이 있는데요, 그건 틀린 건가요?"

"글쎄, 명확한 답은 아직 모르지만 터널 효과가 우주의 시초와 관련 있다는 이론은 실제로도 존재해. 아까 말했듯이 무와 유 사이에서 태어났다 사라지는 소립자가 어느 순간 장벽을 넘어서 급격하게 팽창해 인플레이션과 빅뱅이라는 우주의 시초로 이어졌다는 가설이지. 즉, 터널 효과야."

이노리가 말했던 로맨틱한 가설은 아무래도 현대 우주론의 견해와 조금 차이가 있는 모양이다. 이노리가 들으면 실망하겠다고 생각하자마자 또다시 절망이 몰려왔다.

기력을 잃고 고개를 떨구는 나를 보고 시도 선생님은 부드러운 어조로 말을 이었다. "하지만 그 점이 내가 양자역학을 좋아하게 된 계기란다."

"……그 점이라니요?" 나는 납덩이처럼 무거운 머리를 간신히 들며 되뇌었다.

"완전한 무는 존재하지 않는다. 우주도, 세계도, 나도, 너도, 완전한 무로 돌아가지는 않아. 즉, 바꾸어 말하면 다들 가능성을 숨기고 있다고 볼 수 있겠지? 계기만 있으면 누구나 한없이 뻗어 나갈 수 있어. 이 우주처럼 말이야."

시도 선생님은 그렇게 말하고 우주에 흩어진 별들을 올려다보았다.

　선생님이 나를 은근히 격려한다는 건 알아차렸다. 하지만 이노리가 사라진 세상에서 어떻게 뻗어 나가면 좋을지 나로서는 알 수 없었다.

　여름방학에 준비한 천체투영기가 9월 말에 개최된 축제에서 빛을 보게 되었다.

　우리가 제작한 건 핀홀식 천체투영기다. 두 개의 반구형 아크릴판 안쪽에 각각 북반구와 남반구의 별자리 지도가 그려진 종이 본을 붙이고, 별자리 지도를 보면서 아크릴판 바깥쪽에 별자리를 표시한다. 그 후에는 표시한 자리에 전동 드릴로 구멍을 뚫는다. 별이 몇 등성인지에 따라 구멍 크기도 미세하게 바꾸었기 때문에 실은 공이 아주 많이 들어갔다.

　여름방학에 동아리방에서 사복 차림으로 작업하던 이노리가 지쳐서 가끔 칭얼거렸던 게 생각났다.

　"길고양이가 운동장에 들어왔어!" 하고 들뜬 기색으로 창밖을 가리켰던 일이며, 반구형 아크릴판을 베개 삼아 잠들었던 이노리의 얼굴을 지금도 바로 어제 일처럼 떠올릴 수 있다.

이노리와 함께 구멍 뚫기 작업을 했던 천체투영기가 골판지 상자를 짜 맞춰서 만든 작은 돔 속에 별을 비춰내자, 관람객들은 모두 칭찬해주었다.

하지만 나는 아무 감정도 솟아오르지 않았다. 천체투영기가 완성되면 제일 기뻐했을 이노리가 없는 축제도, 천체투영기도 내게는 가치가 없었다. 이노리가 없어진 후로 나는 오로지 기계적이고 무미건조하게 날마다 내가 해야 할 일만 했다. 그 외에는 뭘 해야 좋을지 몰랐으니까.

그런 내 인생도 몹시 가치 없게 여겨졌다.

하지만 내 인생은 원래 이랬다. 이노리를 만나기 전까지는.


축제가 끝나고 골판지 상자로 만든 돔을 해체하다가 커터칼에 손가락을 베였다. 넋을 놓고 있었던 것이리라. 뚝뚝 떨어진 피가 리놀륨 바닥을 적셨고, 다쓰미 선배가 허둥지둥 사람을 부르러 교실을 뛰쳐나가는 모습이 보였다.

그렇게 아프지는 않았다. 분명 이노리를 잃었다는 고통 때문에 감각이 마비된 거겠지. 다만 떨어지는 피를 보고 내가 아직 살아 있음을 실감했다.

반대 손으로 상처를 꽉 눌러 지혈하자, 그 모습을 보고 있던 아마미야가 나직하게 말했다. "사람은 온몸의 피를 30퍼센트 이상 잃으면 죽는대."

한순간 무슨 소리를 하나 싶었지만, 자기 형의 사인에 관한 이야기라는 걸 바로 알아차렸다.

의외로 쉽게 죽는다니까, 하고 마치 남의 일처럼 아마미야가 중얼거렸다.

아마미야가 학교에 나온 후로 그에게 사건 이야기를 꺼내지 않도록 조심했다. 누가 범인이든 아마미야가 피해자 유족임은 변함없는 사실이니까. 유족의 심정도 고려하지 않고 상처를 후비는 질문만 해대는 매스컴같이 되고 싶지는 않았다.

하지만 아마미야가 중얼거리는 말을 듣고 나도 모르게 물었다. "……아마미야, 이노리가 범인이라고 생각해?"

잠깐의 침묵이 흐르고 아마미야는 대답했다. "누가 범인이든 상관없어. 범인이 누군지 안다고 죽은 인간이 살아나는 것도 아니잖아."

역시 아마미야의 대답은 어쩐지 남의 일을 대하는 것처럼 들렸다.

"괴롭지 않아?"

변함없이 무뚝뚝한 아마미야를 보고 있자니, 그만 그런

말이 튀어나왔다.

"괴로운 건 너겠지." 허를 찌르듯 아마미야가 말을 툭 던졌다.

"뭐?"

"간다가 사라진 뒤로, 네가 나보다 더 염세적으로 보여."

아마미야가 그런 말을 할 줄은 몰라서 조금 놀랐다. 속내야 어쨌거나 난 사람들 앞에서는 아무렇지도 않은 것처럼 행동했으니까.

"난 괜찮아."

나도 모르게 그런 말이 튀어나왔다. 나 자신을 타이르듯 그 후에도 '괜찮다'는 말을 두 번 더 했다.

아마미야는 내 얼굴을 가만히 바라보았지만, 결국 아무 말도 하지 않았다.

다쓰미 선배가 시도 선생님과 함께 돌아왔다. 시도 선생님은 내가 얼마나 다쳤는지 확인한 후, 구급상자에서 소독약을 꺼내 응급처치를 시작했다.

"응, 상처가 깊지는 않아. 꿰맬 정도는 아닌 것 같구나. 소독하고 붕대를 감아놓으면 나을 거야."

"그렇군요." 맥 빠진 목소리로 맞장구를 쳤다.

실제로 어찌 되든 상관없었다. 손가락이 잘리고 다시 붙일 수 없다는 말을 들었어도 나는 똑같이 맞장구쳤을 것이다.

시도 선생님이 응급처치를 하며 말했다. "인간의 혈액은 약 4개월 주기로 전부 교체된단다."

"이야, 그런가요?"

"의외로 주기가 짧지? 그래서 상처가 나면 이 피가 만들어졌을 무렵에 난 뭘 했을까, 그런 생각이 들곤 해."

내가 생각해도 좀 별나다 싶어, 라고 덧붙이며 선생님은 멋쩍게 웃었다.

나는 멍하니 4개월 전을 돌이켜보았다.

이노리와 처음으로 만나 날마다 휘둘렸던 시기다. 그리고 갑자기 이해했다. 지금 내 몸에 흐르는 피는, 이노리를 만나 사랑에 빠진 심장이 만들어낸 피라는 걸.

당연히 잊지 못한다. 이노리와 함께한 추억이 담긴 피가 지금도 내 온몸에 흐르고 있으니까. 그리고 앞으로도 내 심장은 이노리를 그리워하는 마음이 담긴 피를 만들어낼 것이다.

"자, 받아."

시도 선생님이 내 왼손 엄지손가락에 붕대를 둘둘 감은 후, 노트를 한 권 내밀었다.

사건이 발생하고 이노리가 사라진 후, 2학기부터 선생님과 시작한 교환 노트였다. 물론 나뿐만이 아니다. 다쓰미 선배도, 아마미야도, 이노리네 반 아이들도 노트를 받았다.

이노리와 관련된 사건이 발생하자 정신적으로 충격을 받은 학생이 적지 않았다. 이노리네 반에는 한동안 학교에 나오지 못하는 아이도 있었다고 한다. 학교에서는 학생들의 정신 건강을 위해 상담사를 고용했고, 방과 후에 시청각실에서 누구나 마음 편히 상담을 받을 수 있도록 배려했다. 그런 조치의 일환으로서 이노리와 특히 깊은 관계였던 학생들에게는 교환 노트를 나누어주었다.

교환 노트에는 무슨 말을 써도 상관없었다. 사건과 관계없는 이야기를 써도 되고, 아무것도 적지 않아도 무방했다. 그래서 나는 우주에 관해 적당히 질문하기도 했고, 아무것도 적지 않고 놔두다가 문득 생각난 것처럼 이노리 이야기를 적기도 했다.

교환 노트는 매일 아침 제출하고, 동아리 활동이 끝날 때시도 선생님에게 돌려받았다. 시도 선생님은 교환 노트에 늘대답을 한마디 적고, 확인 도장처럼 고양이 모양 스탬프를 찍어주었다.

선생님이 교실을 나선 후 다쓰미 선배가 걱정스레 다가와서 내 어깨를 두드렸다.

"미쓰야, 괜찮아?"

"네, 괜찮아요."

내가 정형문 같은 대답을 내놓자, 선배는 더욱 따스하게 말했다.

"마음은 알지만, 무리하면 안 돼. 힘들 때는 나한테 기대도 돼."

그 말이 삭막해진 내 마음을 헤집었다.

"······마음을 알다니, 제 마음이요? 아니면 이노리의 마음이요?"

"어?"

선배가 난처한 표정을 지었지만 나는 말을 멈출 수 없었다.

"선배, 전에 그랬었죠. ······사람을 죽였다고. 만약 이노리가 정말로 살인범이라면 걔의 마음도 알겠네요? 그럼 가르쳐주세요. 이노리가 지금 어디서 무슨 생각을 하고 있는지."

말을 마구 쏟아내고 나서야 교실에 아마미야도 있었다는 사실에 생각이 미쳤다. 당황해서 정신을 차리고 "죄송해요" 하고 입을 다물었지만, 아마미야에게도 다 들렸을 것이다.

잠깐 침묵이 흐른 후, 선배가 고개를 저으며 말했다. "아니야, 미안하기는. ······미쓰야, 오늘 밤에 시간 있어?"

뒷정리가 늦어진 탓에 교실 시계는 이미 오후 7시를 가리키고 있었다.

"죄송해요. 전철이 일찍 끊겨서요."

"나, 여름방학에 면허 땄거든. 차로 바래다줄게."

아마미야도 같이 가자, 하고 선배는 돌아가려는 아마미야도 억지로 붙잡았다. 차마 거절하지 못하고 우리는 선배와 함께 학교를 뒤로했다.

거울같이 맑은 달이 떠오른 가을밤은 어쩐지 서글픈 분위기를 풍겼다.

다쓰미 선배는 우리를 어두침침한 해변의 제방으로 데려 갔다. 선배는 느릿느릿 제방에 앉아 우리에게도 앉으라고 재촉했다. 엉덩이에 차가운 콘크리트의 감촉을 느끼며 뭣 때문에 여기까지 온 걸까 궁금해하고 있는데, 다쓰미 선배가 조용히 말을 꺼냈다.

"작년에 여기서 우주부원이었던 우리 반 학생이 죽었어."

나는 놀라서 고개를 들었다. 하지만 선배는 이쪽을 외면한 채 검은 바다만 바라보았다.

"아키쓰 요시야는 여기에서 바다에 떨어져 죽었지……. 아키쓰는 내 절친이었어."

선배는 아키쓰 요시야가 사고를 당한 날의 진실이 무엇인지 더듬더듬 우리에게 들려주었다.

아키쓰와 다쓰미 선배는 집이 가까워서 중학생 때부터 같은 학교에 다녔다. 다쓰미 선배는 야구선수, 아키쓰는 천체사진가. 서로 명확한 꿈을 가지고 있었던 것이 친해진 계기였다고 선배는 말했다.

"목표는 다르지만, 역시 꿈이 있는 사람 곁에는 꿈이 있는 사람이 다가오는구나 싶었지. 서로 꿈을 이야기할 때면 늘 가슴이 두근거렸어. 둘이 함께 있으면 정말로 꿈이 이루어지지 않을까 하는 기분이 샘솟았다니까. 아키쓰는 착하고 남을 잘 챙기는 참 좋은 녀석이었어. 의견이 부딪쳐서 싸우기도 했지만, 다음 날에는 서로 언제 그랬느냐는 듯이 대해서 딱히 사과하지 않아도 금방 원래대로 돌아갈 수 있었고. 절친이니까 싸움도 할 수 있었던 거겠지만. 참 죽이 잘 맞는 녀석이었어."

그런 상대가 있었다는 점이 나는 순수하게 부러웠다.

하지만 그것도 선배의 인덕 덕분이다. 선배는 누구나 차별하지 않고 대한다. 아무 장점이 없는 내게도, 얼핏 보기에는 퉁명스러워서 대하기 힘든 아마미야에게도 늘 변함없이 다정하게 말을 걸어주었다.

그런 선배가 절친이라고 부르다니, 그것만으로도 아키쓰

라는 사람의 됨됨이를 알 것 같았다. 사진 속에서 살갑게 웃는 아키쓰의 얼굴이 머릿속에 떠올랐다.

하지만 작년에 아키쓰가 사고를 당하기 조금 전, 사태가 급변한다. 2학년이지만 투수로 대활약하던 다쓰미 선배가 경기 도중에 큰 부상을 입고 말았다.

"의사가 다시는 지금까지처럼 야구를 못할 거라고 하더라. 나는 초등학교 때부터 야구만 팠어. 전부 고시엔(일본의 전국 고등학교 야구 대회-옮긴이)에 출전하고 프로야구 선수가 되겠다는 꿈 때문이었지. 그래서 의사가 그렇게 말했을 때, 과장이 아니라 정말로 내가 무엇 때문에 살아 있는 건지 모를 지경이었어. 지금까지 쌓아온 시간이 전부 물거품으로 변한 기분이었지."

선배는 거기서 말을 한 번 끊었다. 그 순간 제방에 밀려오는 파도 소리가 커진 것처럼 들렸다.

"……그날, 아키쓰는 바다에 떨어지기 전에 우리 집에 왔었어."

"네?"

선배는 축 늘어뜨리듯 고개를 숙이고 말을 이었다. "경기 중에 다친 날, 야구를 하나도 모르는 아키쓰가 웬일로 응원을 하러 왔어. 누구보다도 소리 높여 날 응원해서 금방 알았지. 그날 밤도 아키쓰는 다친 나를 위로해주러 왔을 거야. 하지만 난 자포자기한 심정이었던 터라, 누구의 말도 순순히 귀에 들어오지 않았지. 그리고 어쨌거나 현실을 도피하고 싶었어."

다쓰미 선배의 목소리가 조금 떨렸다.

"그래서 아키쓰에게…… 네 탓이라고 따졌지. 네가 오는 바람에 집중이 안 돼서 다쳤다고. 꺼지라고, 다시는 내 앞에 나타나지 말라고, 나도 모르게 버럭버럭 고함을 지르고 있더라고. 그 후였어, 아키쓰가 바다에 빠져 죽은 건."

아무 말도 할 수가 없었다. 그런 선배를 향해 배려심이라고는 없이 폭언을 내뱉었던 나 자신에게 혐오감을 느꼈다.

"내가 아키쓰를 죽인 거야. 칼보다 날카로운 말로 찔렀어. 당연히 아키쓰 탓이 아닌데, 이젠 그 말을 취소할 수도, 사과할 수도 없어."

과거로 돌아가고 싶다는 다쓰미 선배의 소원에 무슨 마음이 담겨 있었는지 드디어 이해했다. 몸을 가누지 못하고 펑펑 우는 선배를 다독이고 있자니, 과거의 기억이 주마등처럼 머릿속을 스치고 지나갔다.

부모님은 내가 떼를 써서 초밥을 먹고 돌아가는 길에 사고를 당했다. 그날 투정을 부리지 말고 평소처럼 집에서 어머니가 만든 음식을 먹었으면, 그런 사고는 일어나지 않았을지 모른다. 나만 없었다면 부모님은 지금도 살아 있을지 모른다.

……나는 과거를 돌이켜보는 걸 싫어한다.

무의미한 평행세계를 상상하던 끝에 살아가는 것이 괴로워지니까.

이노리 때도 그랬다. 이노리가 가끔 내 앞에서 드러냈던 어둠과 좀 더 진지하게, 이노리가 싫어할 만큼 끈질기게 마주했다면. 좀 더 자주 이노리를 만나러 갔다면. 삼나무 아래에서 좀 더 빨리 눈을 떴다면. 아니다. 애초에 이노리가 나 같은 인간을 가까이하지 않았다면, 이런 사건 없이 지금도 행복하게 살고 있었을지 모른다.

분명 나는 주변을 망치는 고장 난 톱니바퀴다. 남을 불행하게 만들 뿐, 소중한 사람을 지키지 못한다. 그런 생각이 끊임없이 머릿속에서 소용돌이쳤다.

"갈게."

내내 아무 말도 없던 아마미야가 갑자기 일어나서 왔던 길을 되돌아갔다. 다쓰미 선배는 허둥지둥 일어나서 아마미야의 뒷모습에 대고 소리쳤다.

"아마미야, 미안해! 네 가족이 그런 일을 당했는데, 이런 이야기를 해서. 하지만 같은 동아리 친구니까 아마미야도 미쓰야와 함께 들어줬으면 했어."

아마미야는 그 외침에도 아무 대답 없이 어둠에 녹아들듯 사라졌다.

선배는 내게 몸을 돌리고 미안한 표정으로 입을 열었다. "미쓰야, 너한테도 느닷없이 이런 이야기를 해서 미안해."

"아니요, 제가 그런 소리를 했으니까요."

선배는 고개를 내저으며 말했다. "나도 무신경한 소리를 했는걸. ……다만 이노리가 없어진 뒤로 미쓰야가, 부상을 입었을 때의 나 같아 보여서 내버려둘 수 없더라고."

"제가요?"

선배는 애처로움이 묻어나는 표정으로 나를 보며 조용히 고개를 끄덕였다.

아무래도 나는 주변에 걱정을 많이 끼친 모양이다. 공허한 내 심정을 아마미야뿐만 아니라 선배도 눈치챘다.

"자포자기는 부정적인 결과를 초래해. 미쓰야는 나처럼 되지 않았으면 좋겠어."

후배의 미래가 걱정돼서 자신과 같은 전철을 밟지 않도록, 평생 숨기고 싶었을 과거의 아픈 기억을 꺼내준 선배의 마음 씀씀이에 가슴이 뭉클했다. 부모님을 잃었을 때는 자기 일처럼 슬픔에 공감해준 사람이 없었기 때문에, 가슴에 더

와닿았다.

하지만 이것도 거슬러 올라가보면 전부 이노리와 만난 것이 계기다. 이노리가 없었다면 내가 머물 우주부고, 친구고 하나도 얻지 못했을 것이다.

이노리가 남겨준 건 너무나 크다. 어느 날 갑자기 나타나서 제멋대로 내 인생을 휘젓다가 홀연히 사라져버린 이노리.

살아 있는지 죽었는지조차 모른다. 그런 터무니없는 상황 속에서 아무것도 하지 못하는 내 무력함을 절실히 느끼며 하루하루 살아가려니 솔직히 아주 힘들다.

살아 있다고 믿을 작정이었건만 잊지 않겠다고 맹세할 때마다, 지나가는 시간과 함께 이노리가 점점 멀어지는 것만 같은 기분이 들었다.

다쓰미 선배가 갑자기 내 팔을 잡았다. 나는 그제야 몸을 벌벌 떨고 있다는 걸 알아차렸다.

"미쓰야, 이노리는 아키쓰와 달라."

나는 고개를 들어 선배를 바라보았다.

"이노리는 아직 죽었다고 확정된 게 아니야. 하지만 지금 상황을 혼자 끌어안고 견디기는 힘들어. 그러니 함께 돌아오기를 기다리자. 이노리가 죄를 저질렀는지 아닌지도 아직은 몰라. 하지만 하다못해 우리만큼은 언젠가 이노리가 돌아왔을 때, 찾아올 유일한 곳에서 기다리고 있어주자. 우리는 이 우주에서 만난, 단 네 명뿐인 우주부원이니까."

다쓰미 선배의 손은 큼지막하니, 가늘고 작은 이노리의 손과는 완전히 달랐다. 나보다 훨씬 든든함이 느껴지는 이 손안으로 언젠가 정말로 이노리가 돌아오지 않을까 싶었다.

나도 언젠가 이렇게 든든한 존재가 될 수 있을까.

내가 고개를 살짝 끄덕이자 다쓰미 선배는 안심한 표정으로 다시 바다를 조용히 바라보았다.

하늘 높이 뜬 오리온자리가 겨울이 왔음을 알렸다. 이노리의 소식이 끊긴 지 석 달 넘게 지났다.

사건은 미결인 채 점점 존재감이 흐려졌고, 학교에서 그 사건을 입에 담는 학생도 없어졌다. 마치 처음부터 이노리라는 학생도, 그런 사건도 없었던 것처럼 시골 동네를 감싼 시간은 태평하게 흘러갔다.

요즘 학교가 끝나고 물리실에 가면 다쓰미 선배가 꼭 벽에다 공을 튕기고 있다. 물론 **관측하지 않도록** 다른 곳을 보면서. 꼼꼼하게 횟수까지 기록해서 이노리가 돌아오면 결과를 보고할 거라고 했다.

그래서 나도 다쓰미 선배와 나란히 서서 함께 벽에 공을 튕겼다. 보지 않고 공을 튕기기가 참 어려웠지만, 익숙해지자 다른 곳을 보고 있어도 던진 공이 내 손으로 돌아왔다. 아쉽게도 돌아와서는 본말전도지만.

주변에서 이노리를 잊어버려도, 우리는 단 하루도 이노리를 잊은 적이 없다. 입 밖에 내어 말하지는 않지만 아마미야도 마찬가지일 것이다.

전철을 타고 등하교할 때도 무의식중에 이노리를 찾았다. 이노리가 없어진 것만으로 거짓말처럼 조용해진 전철을 타고 가자니 어쩐지 허전하고 재미없었다.

그래서 난 언제나 망상에 빠졌다. 만약 오늘 이노리가 전철을 탔다면, 하고.

—오늘은 춥네.

—구온, 머플러 따뜻해 보인다. 나도 할래!

—오늘은 무슨 책 읽어?

—사과맛 사탕 줄까?

—뉴스 봤어? 드디어 화성 이주 계획이 시작된대. 구온은 화성에 가보고 싶어?

—어제 블랙홀이 합체하면서 생긴 중력파가 관측됐다

고 하던데.

분명 이런 식으로 말을 걸겠지, 하고 상상하다 홀로 쓴웃음을 짓는다. 그리고 이게 현실이라면 얼마나 좋을까 하고 감상에 젖는다.


이노리가 실종되기 전, 여름방학에 우주부원끼리 불꽃놀이를 보러 간 적이 있었다.

유카타(목욕 후나 여름철에 주로 입는 두루마기 형태의 긴 무명 홑옷-옮긴이)를 입은 이노리는 깎아서 말해도 우주에서 제일 예뻤다.

선명한 하늘색 바탕에 여름 풀이 그려진 유카타가 이노리의 뽀얀 피부에 잘 어울려서, 이노리를 제외한 모든 것이 인물에만 초점을 맞춘 사진처럼 흐릿해 보였다.

매년 8월 온주쿠 해안에서 열리는 불꽃 축제는 모래밭에 드러누워서 감상할 수 있는 것이 특징이다. 옛날에 나도 외할머니, 어머니와 함께 왔던 적이 있다.

선배의 배려로 불꽃놀이가 시작될 때까지 단둘이 시간을 보낸 우리는, 거기서 처음으로 손을 잡고 걸었다. 진짜 사과 사탕을 사서 다른 사람들과 합류해, 모래밭에 돗자리를 깔고 불꽃놀이를 구경할 때도 우리는 몰래 손을 잡고 있었다.

뭔가 들키면 안 되는 비밀을 공유한 것 같아서, 언젠가 이노리가 현수교 효과를 시험했을 때보다 가슴이 더 두근거렸다.

이노리의 눈동자에 비친 불꽃은 하늘 가득 피어나는 불꽃보다 더 강렬하게 내 마음을 끌어당겼다. 이노리를 바라보자 불꽃이 솟아오를 때 느껴지는 진동보다 더욱 세차게 심장이 가슴을 두들겨댔다. 나는 이 여름이 영원히 끝나지 않기를 간절히 바랐다.

불꽃놀이가 끝나고 다쓰미 선배와 아마미야와 헤어져 역플랫폼에서 전철 막차를 기다리는 동안에도 우리는 잡은 손을 놓지 않았다.

그때 구름에 뒤덮인 하늘에서 똑똑 떨어지기 시작한 비를 바라보며 이노리가 불쑥 중얼거렸다.

"붙잡이 비인가."

"붙잡이 비?"

"돌아가려는 사람을 붙잡는 것처럼 내리는 비야."

이노리의 설명에 다시 하늘을 올려다보았다. 지금이라면 그런 말을 만든 옛날 사람의 심정도 이해가 갈 것 같았다. 전철이 오면 금방 이노리와 헤어져야 할 시간이 온다.

아직 돌아가기 싫다. 돌려보내기 싫다. 떨어지고 싶지 않다.

실은 유카타를 입은 모습이 정말 예쁘다느니, 아직 손을 놓고 싶지 않다느니, 좋아한다느니, 그런 말이 내 마음속 대부분을 차지하고 있었지만, 전철에 타서 이노리가 내릴 역에 도착할 때까지 마음속 말을 한마디도 꺼내지 못했다. 그런데 어째선지 이노리는 내릴 역에 도착했는데도 전철에서 내리지 않았다.

"······오늘은 집에 가도 아무도 없어. 구온네 집에 같이 가도 될까?"

닫힌 문을 등지고 발갛게 달아오른 얼굴로 묻는 이노리를 보자 마음이 또 싱숭생숭해졌다.

둘이서 우리 집에 도착했을 무렵에는 비가 그쳐서, 하늘에 달빛이 되돌아왔다.

그날 밤 우리는 레골리스가 밝게 빛나는 달 아래에서 툇마루에 나란히 붙어 앉아 밤을 보냈다.

"정말로 집에 안 가도 돼?"

아무래도 걱정돼서 물어보자 이노리는 아무렇지 않게 대답했다.

"괜찮아. 어차피 그 집에서 나는 덤 같은 존재니까."

친척 집에서 지내던 시절의 나 자신과 이노리가 겹쳐 보여서 가슴이 아팠다.

그래서 나도 모르게 이노리의 손을 꼭 잡으며 말했다.

"……만약 집에 있기 불편하면 또 와도 돼."

이노리가 놀란 표정으로 쳐다보길래, 나는 갑자기 부끄러워져서 얼버무리듯 하늘로 눈을 돌렸다. 혼자 바라볼 때도 나쁘지 않은 경치였지만, 이노리와 함께 바라보자 더 아름다웠다. 이노리는 내 세상을 빛내는 태양이 틀림없구나 싶었다.

"밤하늘에서 반짝이는 별은 대부분 태양 같은 항성이라는 거 알아?"

쑥스러움을 감추려고 우주에 관련된 콩알 지식을 꺼내놓자, 예상대로 이노리는 흥미롭다는 듯 눈을 크게 떴다.

"그건 몰랐네. 그렇다기보다 생각해본 적도 없었어."

"그래서 지구 같은 행성은 육안으로 확인하기가 어려워. 물론 보이지 않을 뿐, 밤하늘에는 행성도 수없이 많겠지만."

"그럼 저 멀리 있는 별에서 태양계를 바라봐도 지구는 안 보이겠네. 우리는 여기 이렇게 있는데."

어쩐지 좀 섭섭하네, 하고 이노리가 중얼거렸다.

그 말을 듣고 나는 문득 뭔가가 생각났다. 툇마루에서 일어나 외할머니가 사용했던 오동나무 장롱에서 어떤 물건을 가지고 돌아왔다. 얼핏 보기에는 평범한 돌멩이처럼 생긴 물건이다.

"이게 뭐야?"

이노리는 고개를 갸우뚱하며 그 물건을 받아 들었다.

"다이아몬드 원석이야."

"다이아몬드?"

"이거, 할머니 유품이야. 할머니와 결혼했을 때 할아버지는 돈이 없어서 결혼반지를 준비하지 못했어. 대신에 비교적 싸게 구한 다이아몬드 원석을 선물했대. 뭐, 진짜인지 가짜인지는 확실치 않지만." 나는 어깨를 으쓱하며 웃었다.

옛날에 할머니에게 그 이야기를 들었을 때, 나는 진짜인지 가짜인지 알아보면 되지 않겠느냐고 말했다. 하지만 할머니는 결코 감정하려고 하지 않았다.

"할머니는 진짜인지 가짜인지는 중요하지 않다고 하셨어. 이 돌멩이 같은 다이아몬드에 담긴 '영원'한 마음에 의미가 있다고 하셨지."

다이아몬드는 자연계에 존재하는 광물 중에서 가장 단단한 광물이라, 불멸과 영원의 상징으로서 결혼반지 등에 사용될 때가 많다.

"영원……."

"내 이름도 거기서 따온 모양이야."

"어, 그럼 구온이라는 이름의 유래는 이 다이아몬드야?"

창피하지만, 하고 말하며 고개를 끄덕였다.

실제가 이름만 못하다는 걸 자각하고 있었기 때문에, 지금까지 아무에게도 말한 적이 없었다. 계속 비밀을 유지해왔지만 이노리라면 무시하지 않고 들어줄 것 같아서 처음으로 그 사실을 밝혔다.

"그렇구나. ……기쁘다. 구온에 대해 더 많은 걸 알게 된 기분이야." 이노리는 그렇게 말하고 기쁘게 미소 지었다.

그 미소만 봐도 말로 다 할 수 없는 행복감이 가슴에 차올랐다. 이노리에게 처음으로 비밀을 털어놓길 잘했다고 진심으로 생각했다.

나는 좀 들뜬 기분으로 다시 말을 꺼냈다. "실은 태양도 언젠가 다이아몬드 별로 변할지 몰라."

"그건 무슨 소리야?"

"태양급 항성이 사멸할 때가 되면, 일단 적색거성이 돼서 급격하게 팽창해. 그 후에 지구 정도의 크기까지 수축해서 밀도가 높은 백색왜성이 되지. 그때 가해진 압력으로 항성 중심부의 탄소가 거대한 다이아몬드 덩어리로 변할지도 모른다고 해. 실제로 중심부뿐만 아니라 표면까지 다이아몬드로 형성됐을 가능성이 있는 백색왜성이 발견된 모양이고."

이 사실을 알았을 때 참 로맨틱한 이야기구나 싶었다. 태양이 다이아몬드로 바뀌었을 무렵, 지구는 적색거성으로 변한 태양에 삼켜져서 이미 멸망한 뒤겠지만.

"그렇구나…… 나, 어쩐지 알 것 같아."

내 이야기를 듣던 이노리가 눈을 반짝이며 나를 바라보았다.

"뭘?"

"구온이 환하게 빛나 보이는 이유! 구온은 나의 태양이었던 거야."

이노리는 부끄러운 기색 하나 없이, 아까 내가 했던 생각과 똑같은 생각을 입 밖에 내어 표현했다.

역시 나는 이노리와 함께 있는 시간이 좋다. 이노리가 있는 공간, 세계, 우주가 좋다.

이노리와 함께 보낸 시간은 결코 길지 않건만, 오랫동안 쌓아온 마음의 벽이 아주 간단하게 무너진다. 이노리의 직설적인 말 한마디 한마디가 고독으로 굳어버린 내 마음을 꿰뚫고 따스하게 스며든다. 만약 이걸 운명적인 만남이라고 부른다면, 시간이라는 개념에 얽매이는 것 자체가 어리석은 짓일지도 모른다.

……난 만나버린 걸까, 외계인을 만나는 것보다 만날 확률이 낮은 운명적인 사람을.

"저기, 눈 감아봐."

이노리가 또 그 말을 꺼냈다. 지금까지 수없이 들었던 그 말에, 오늘은 순순히 눈을 감았다.

그러자 갑자기 이노리가 어깨에 몸을 기대서 나는 바로 굳어버렸다.

"뭐, 뭐하는 거야."

"뭐냐니, 연인끼리 하는 행동이지. 안 돼?"

이노리의 머리카락이 목에 닿아서 간지러웠다. 손을 잡는 것보다 훨씬 거리감이 가깝게 느껴져서, 이런 일에 익숙지 않은 몸이 타오르는 것처럼 화끈거렸다. 숨 쉴 때마저 주의해야 할 것처럼 서로 가까워서 긴장되는데도, 마음은 이 시간이 조금이라도 더 계속되길 바랐다.

"……돼."

이노리는 귀여운 구석이라고는 없는 내 반응에 나지막이 웃더니, "그럼 조금만 더"라고 말하고는 정말로 잠들어버렸다.

나는 결국 이노리가 잠에서 깰 때까지, 동틀 녘이 되어 희붐해지는 하늘을 숨죽인 채 바라보았다.


하루가 끝나고 홀로 툇마루에 앉아 교환 노트를 펼쳤다.

여기 있으면 내가 자신의 태양이라던 이노리가 생각난다.

그러고 보니 이노리와 처음 만난 날, 내가 "그쪽에게 어울리는 멋진 사람은 하늘의 별만큼 많을 것 같은데" 하고 말하자 "그럼 태양은 두 개니?" 하고 반박했다. 지금은 이노리가 무슨 말을 하고 싶었던 건지 이해가 간다.

이 우주에는 별이 수없이 많다. 은하 하나에 포함된 별의 개수는 1,000억 개로 추정된다. 그리고 은하의 수는 2조 개가 넘는 것으로 알려져 있다. 게다가 관측할 수 있는 범위에 있는 은하의 개수가 그 정도고, 실제로는 더 많다니까 우주는 역시 상상을 초월한다. 그래도 그 가운데 완전히 똑같은 천체는 하나도 존재하지 않는다. 그리고 나와 이노리 또한 유일무이하다.

1,000억 곱하기 2조. 200,000,000,000,000,000,000,000, 즉 2,000해다.

정신이 아득해질 만한 이 숫자도, 어디까지나 관측할 수 있는 일부에 지나지 않는다. 그렇지만 나와 이노리는 적어도 2,000해분의 1의 확률로 이 지구에 태어났다.

예전에 이노리가 '자신과 내가 운명적으로 만날 확률'이라며 어마어마한 계산식을 보여준 적이 있었는데, 이 수치도 포함하면 그야말로 천문학적인 수치가 나오리라.

문득 궁금해져서 이노리를 흉내 내 나도 교환 노트에 계산식을 적어보기로 했다.

이노리가 전 우주에서 지금 이 시대에 존재하고, 내가 인생을 살면서 마주칠 사람들 가운데 이노리를 선택할 확률. 즉, 운명적으로 내가 너와 만나 사랑에 빠질 확률이다.

은하부터 인구까지 온갖 숫자를 조사해 노트에 대충 적은 끝에 내가 완성한 계산식은 이렇다.

(라니아케아 초은하단의 은하 개수: 10만 개)/(전 우주의 은하 개수: 2조 개) × (국부 은하군의 은하 개수: 50개)/(라니아케아 초은하단의 은하 개수: 10만 개) × (우리 은하의 개수: 1개)/(국부 은하군의 은하 개수: 50개) × (태양계의 개수: 1개)/(은하에 포함된 별의 평균 개수: 1,000억 개) × (지구의 개수: 1개)/(별의 둘레를 도는 행성의 평균 개수: 10개) × (지구의 역사: 46억 년)/(우주의 역사: 138억 년) × (인류의 역사: 5만 년)/(지구의 역사: 46억 년) × (현재 세계 인구: 78억 명)/(과거도 포함한 인류의 총인구: 1,000억 명) × (일본 인구: 1억 명)/(현재 세계 인구: 78억 명) × (지바 현 인구: 600만 명)/(일본 인구: 1억 명) × (전교 학생 수: 400명)/(지바 현 인구: 600만 명) × (너: 1명)/(전교 학생 수: 400명) × (너: 1명)/(내가 인생을 살면서 마주칠 사람: 3만 명)

$$\frac{1\times10^5}{2\times10^{12}} \times \frac{50}{1\times10^5} \times \frac{1}{50} \times \frac{1}{1\times10^{11}} \times \frac{1}{10} \times \frac{46\times10^8}{138\times10^8} \times \frac{50,000}{46\times10^8}$$

$$\times \frac{78\times10^8}{1\times10^{11}} \times \frac{1\times10^8}{78\times10^8} \times \frac{6\times10^6}{1\times10^8} \times \frac{400}{6\times10^6} \times \frac{1}{400} \times \frac{1}{30,000}$$

$$= \frac{1}{2\times10^{12}} \times \frac{1}{1\times10^{11}} \times \frac{1}{10} \times \frac{50,000}{138\times10^8} \times \frac{1}{1\times10^{11}} \times \frac{1}{30,000}$$

$$\fallingdotseq 6\times10^{-46}$$

즉, 0.000000000000000000000000000000000000000000000006퍼센트의 확률이다.

이건 완벽한 수치가 아니다. 미래는 포함시키지 않았고, 그밖에도 기적적인 수치의 비율을 찾아내면 한도 끝도 없다. 이건 어디까지나 이노리가 만든 공식을 보충한 공식이다.

이런 짓을 하다니 나도 참 도가 지나치다. 계산하면서 무심코 쓴웃음이 나왔다. 만약 이걸 보여주면 이노리는 뭐라고 할까.

─구온, 너무 과했어.

그렇게 말하며 즐겁게 웃는 이노리를 떠올렸다.

정신을 집중해 펜을 움직이고 있자니, 어느덧 눈에 눈물이 괴어 글씨가 흐리게 보였다. 노트에 뚝뚝 떨어지는 눈물이 이노리가 없는 현실을 또 내게 들이댔다.

이제 됐다. 우리가 얼마나 운명적으로 만나서 사랑에 빠졌는지는 잘 알겠다. 이제 충분하니까, 부탁이니까 지금 당장 이노리를 내게 돌려줘.

퇴마루에 앉은 채 나는 오늘도 이노리가 없는 아침을 맞았다.

여름의 망령에 사로잡혀 있던 12월, 또 이노리의 사건에 관련된 소동이 벌어졌다.

아마미야의 형이 생전에 촬영한 것으로 추정되는 영상이 인터넷에 올라왔다. 아마미야의 형이 길고양이를 잔인하게 폭행해 살해하는 모습을 담은 영상이었다.

반딧불이 축제에 갔다가 만났을 때 쾌활하고 싹싹해 보였던 인상과는 동떨어진 그 모습에 나는 두 눈을 의심했다. 보는 내내, 눈을 돌리고 싶어질 만큼 끔찍한 그 영상은 순식간에 퍼져나가 세상을 뒤흔들었다. 내용상 지금까지 이노리가 관여했을 것으로 추정된 고양이 집단살해 사건은, 이노리가 아니라 아마미야의 형 소행이라고 보고 경찰도 다시 수사에 착수했다.

사람들은 그동안 살해 사건의 피해자로 불쌍히 여겼던 아마미야의 형에게 고양이를 학대한 극악무도한 인간이라고 욕을 퍼부었다. 그 영상이 퍼지자 가해자로 추정된 이노리를 옹호하는 여론이 일었다.

사건의 진상은 여전히 불분명했지만, 지금까지 이노리에게 악담을 퍼부었던 사람들이 손바닥 뒤집듯이 고양이의 원수를 갚은 영웅이라고 이노리를 칭송하기 시작한 것이다. 그 대신 아마미야의 가족에게 비난의 화살이 집중됐다. 비극을 겪은 피해자 유족이라는 입장이 뒤집혀 여론의 거센 공격을 받은 것도 모자라, 집 주소와 가족의 얼굴 사진까지 온라인상에 노출됐다. 더 나아가 어디서 알아냈는지 가정환경까지 공개되고 말았다. 아마미야의 아버지가 이따금 비도덕적인 발언으로 문제시되던 정치가라는 사실이 밝혀져서 일반 시민들의 반감이 더 커진 탓이었다.

당연히 아마미야도 비난의 소용돌이에 휩쓸렸다. 피해자의 동생이라는 입장에서 고양이 살해범의 동생이 되자, 아마미야의 얼굴 사진이 온라인상에 퍼졌고 못돼 보이는 아마미야의 인상도 한몫해 사람들은 더더욱 그들 가족을 못 잡아먹어 안달했다.

월요일, 여론에 동요하는 낌새 없이 아마미야가 등교하자 이번에는 학생들뿐만 아니라 교사들까지 전전긍긍했다. 이제 동물을 학대한 범죄자의 가족이 된 아마미야를 못 본 척넘어갈 수 없었으리라. 아마미야는 그날 점심시간에 교무실로 불려갔다.

몰래 숨어 있던 나와 다쓰미 선배는 교무실을 나서서 본관 출입구로 향하는 아마미야를 불러 세웠다.

"집에 가는 거야?" 선배가 물었다.

아마미야는 돌아보지도 않고 자기 신발장에서 운동화를 꺼내며 말했다. "상황이 진정될 때까지 오지 말라던데."

"그 영상 누가 올린 건지는 알아냈어?"

"글쎄." 아마미야는 어깨를 으쓱하고는 운동화를 신으며 별 관심 없다는 듯 대답했다. "뭐, 형이 쓰레기인 건 알고 있었으니까 놀라진 않았지만."

가방을 어깨에 메고 교문으로 향하려는 아마미야에게 이번에는 내가 물었다. "아마미야, 형이 그런 짓을 하는 인간인 줄 알고 있었어?"

살해 사건이 뉴스에 보도된 후로 일관되게 형을 두둔하려 하지 않는 아마미야의 태도에 나는 의문을 느껴왔다.

아마미야가 걸음을 멈췄다. 그러곤 천천히 몸을 돌리더니 우리에게 공허한 시선을 던졌다.

"그딴 새끼, 언젠가 내가 죽일 작정이었어."

아마미야가 내뱉은 말을 듣고 가슴이 술렁거렸다. 이노리가 연관된 사건의 진상에 다가가고 있는 듯한, 왠지 희미한 빛이 보이는 기분이 들었다.

"우리도 갈까."

혼자 본관을 나서는 아마미야의 뒷모습을 바라보다 다쓰미 선배가 갑자기 제안했다.

"하지만 아직 수업이."

"아마미야만 먼저 가다니, 얄밉잖아."

다쓰미 선배는 내 대답을 기다리지 않고 아마미야를 쫓아갔다.

"아마미야, 갈 거면 우리랑 잠깐 어디 들렀다 가자."

어차피 갈 데도 없잖아, 하고 어깨에 팔을 두르는 다쓰미 선배가 아마미야는 성가신 듯했지만, 아무래도 정곡을 찌른 모양이다. 우리가 짐을 가지러 다녀오는 사이에도 아마미야는 먼저 가지 않고 자전거 주차장에서 우리를 기다리고 있었다.


다쓰미 선배의 자전거 뒤편에 탄 나는 한겨울 추위에 몸을 떨며 코트 옷깃을 여몄다.

자전거를 타고 우리 뒤를 졸졸 따라오는 아마미야의 모습은 고양이라기보다 주인에게 충성을 다하는 골든 리트리버 같았다.

다쓰미 선배는 도중에 꽃집에 들러 구입한 작은 꽃다발을 앞쪽 바구니에 담고 다시 달려갔다. 마침내 도착한 곳은 바닷바람 냄새가 풍기는 바다 옆 묘지였다. 의아한 기분으로 따라가자 선배가 어떤 묘비 앞에 멈춰 섰다.

그 묘비 옆쪽에는 아키쓰 요시야라는 이름이 새겨져 있었다. 무덤에는 이미 색깔이 고운 꽃이 꽂혀 있었고, 향을 피운 흔적도 남아 있었다. 아무래도 우리가 오기 전에 누가 다녀간 모양이다.

"오늘은 아키쓰의 기일이야." 선배는 이미 꽂혀 있는 꽃과 함께 자기가 사 온 꽃을 꽂으며 말했다. "여기, 저녁에 문을 닫으니까 평일에는 못 오거든. 뭐, 내가 온다고 아키쓰가 기뻐하지는 않겠지만."

그렇게 자기 비하를 하면서도 선배는 무덤 앞에서 두 손을 마주 모았다. 그리고 말을 걸듯이 입을 열었다.

"아키쓰, 또 와서 미안해. 얘들은 네가 아꼈던 우주부에 올해 가입한 1학년이야. 그러니까 잘 부탁해. 나한테 그런 말은 듣기 싫으려나. 미안해."

그런 선배의 모습을 보고 있으려니 가슴이 아팠다.

다쓰미 선배는 분명 아키쓰가 죽은 후로 몇 번이고 무덤을 찾아와서 그에게 사과했으리라. 위로하러 집에 왔는데 매몰차게 대한 것, 상처 입힌 것, 거짓말한 것, 제대로 사과하지 못한 것, 지금도 만나러 오는 것을.

죽는다는 건 다시는 서로 말을 나눌 수 없음을 뜻한다.

미처 전하지 못한 말은 영원히 상대방에게 전할 수 없다.

듣고 싶었던 말도 영원히 듣지 못한다.

부모님이 세상을 떠난 후 한동안은 나도 틈만 나면 두 분이 잠든 무덤에 갔다. 아직 어렸던 터라 거기 가면 부모님과 다시 만날 수 있지 않을까 기대하고서. 하지만 그런 기적은 일어나지 않았다. 결국 나는 무덤에 가는 걸 그만뒀다. 답장 없는 편지를 보내는 데 지쳤기 때문이었다.

무덤 앞에서 두 손을 모으는 선배의 모습은 마치 그 시절의 나 같았다. 그때 뒤에 서 있던 아마미야가 갑자기 다쓰미 선배에게 질문을 던졌다.

"만약 그 사람이 지금 눈앞에 나타났다고 쳐봐. 그런데 단 한마디만 전할 수 있다고 하면 뭐라고 말할 거야?"

선배가 뒤돌아보며 되물었다. "뭐?"

나도 아마미야를 쳐다보았다.

아마미야는 장난치는 기색 없이 진지한 표정으로 다시 물었다. "단 한마디밖에 전할 수 없다고 해도 선배는 그 사람한테 사과할 건가?"

의도는 모르겠지만, 아마미야의 말은 본질을 꿰뚫고 있는 것처럼 느껴졌다. 사과하지 못하고 영원한 이별을 경험한 나와 선배는, 가능하다면 다시 만나서 사과하기를 바란다. 그러나 전할 수 있는 말이 단 한마디뿐이라면, 사과한다고 부모님이 과연 기뻐할까.

우리가 정말로 하고 싶었던 말은 대체 뭘까.

"……그래도 사과해야지. 아키쓰는 나 때문에." 할 말을 찾는 것처럼 선배는 띄엄띄엄 말했다.

"그 사람은 선배 때문에 죽은 게 아니야."

아마미야가 꺼낸 그 한마디 말에, 선배는 의아한 표정으로 고개를 들었다.

"아마미야가 그걸 어떻게 알아?"

"뭐, 그냥 내 나름의 선물이라고 쳐."

"……선물?"

나는 그 말에서 위화감을 느꼈다.

그러자 아마미야는 바지 호주머니에서 당연하다는 듯 담뱃갑을 꺼내더니, 담배 한 개비를 뽑아서 라이터로 익숙하게 불을 붙였다. 불붙인 담배를 향꽂이에 얹자 연기가 피어올랐다. 옆에 있던 다쓰미 선배가 눈을 가늘게 뜨고 기침을 했다.

"산 사람이 죽은 사람에게 할 수 있는 일은 어차피 이 정도지. 아니, 향을 피우는 것도 산 사람의 자기만족인가. 참 쓸모없는 짓이라니까." 아마미야는 비웃듯이 어깨를 으쓱하며 말했다.

선배 편을 들어야 한다고 생각하면서도 반론하지 못했다. 아마미야의 말에 적지 않게 공감했기 때문이었다.

죽은 사람에게 할 수 있는 일은 없다. 나는 오래전에 그 사실을 깨닫고 진심으로 절망했다. 그 절망은 어느덧 체념으로 바뀌고, 좋은 뜻에서든 나쁜 뜻에서든 과거로서 받아들이고 넘어가야 할 시기가 찾아온다.

그런 점에서 볼 때 삶과 죽음이 중첩된 상태인 슈뢰딩거의 이노리는 이대로라면 영원히 죽음을 확정할 수 없다. 즉, 이노리는 영원히 내 마음속에서 살아 숨 쉬며 체념할 기회를 주지 않는다는 뜻이다. 제멋대로인 이노리답다면 이노리답다.

어쩌면 죽는 모습을 보여주지 않는 고양이들은 전부 그 사실을 알고서 슈뢰딩거의 고양이가 된 게 아닐까. 만약 인간이 죽는 모습을 보여주지 않는 고양이처럼 늘 모호한 최

후를 맞는다면, 남겨진 사람은 언제까지나 체념하지 않고 사라진 누군가를 간절히 그리워할 수 있을까. 남겨진 사람에게 어느 쪽이 행복일지 나로서는 잘 모르겠다.

"늘 잠만 자는 주제에 바른말 하듯 말하지 마." 다쓰미 선배가 실소하며 말했다. "하지만 그럴지도 모르지. 결국 이런 꽃을 가져오는 것도 전부 내 자기만족일 테니까."

선배는 자기가 바친 꽃을 멍하니 바라보며 중얼거렸다. 그러곤 휙 돌아서서 아마미야를 똑바로 쳐다보았다.

"……하지만, 그럼 말해봐, 아마미야."

아까까지와는 조금 다른 목소리였다.

아마미야는 동요하는 기색 없이 우두커니 서서 고개를 약간 갸웃했다.

"왜 사과맛 사탕을 산 건데?"

무슨 이야기를 하는 건지 통 모르겠다. 하지만 그 단어를 듣고 떠오르는 사람은 한 명뿐이다.

"그게 지금 무슨 소리예요?" 나도 모르게 언성을 높이며 물었다.

"미쓰야, 미안해." 다쓰미 선배는 양해를 구한 후 아마미야를 다그치듯이 말했다. "나, 봤어. 서핑하고 돌아오는 길에 아마미야가 편의점에서 사과맛 사탕을 잔뜩 사는 걸. 죽은 사람에게 할 수 있는 일은 없다고 했지? ……아마미야 너, 이노리가 어디 있는지 아는 거 아니야?"

"모르는데." 아마미야는 안색 하나 바뀌지 않고 대꾸했다.

"그러면."

"……하지만 짐작은 가."

"짐작이라니, 그럼 이노리가 살아 있다는 뜻이야?"

"아마도."

아마미야가 그렇게 대답했을 때, 나는 온몸이 얼어붙는 듯한 감각에 휩싸였다. 마치 온몸에 흐르는 피가 수정으로 바뀐 것처럼 숨을 쉴 수가 없었다. 겨우 얕은 호흡을 되풀이하는 동안 머릿속이 새하얘졌다.

이노리가 살아 있을지도 모른다. 사라진 그날부터 한결같이 그럴 것이라 믿어왔건만, 믿음이 현실미를 띠자 감정이 폭발해서 온몸이 벌벌 떨렸다.

"왜 지금까지 말하지 않은 거야?" 다쓰미 선배가 나무라듯 말했다.

그러자 아마미야는 당연하다는 듯 대답했다. "도망치면 좋겠으니까."

친형을 살해한 혐의로 쫓기고 있는 사람이 어디 있는 줄 알면서 경찰은커녕 아무에게도 말하지 않다니, 일반적으로 생각하면 제정신이 아니다. 어쩌면 아마미야는 내가 모르는 사건의 진상을 알고 있는 건지도 모른다.

"……어디 있는데?" 나는 우스울 만큼 덜덜 떨리는 목소리로 물었다.

하지만 아마미야는 두말없이 대답해주지는 않았다. 대신에 대치하듯 우리와 마주 보고 서서 입을 열었다.

"그 전에 두 사람의 오해부터 풀어야겠어."

의미심장한 아마미야의 말에, 기대감이 억누를 수 없을 만큼 부풀어 오르는 것과 동시에 작은 질투가 싹텄다.

황혼이 내린 인왕문 앞에 가만히 앉아 있는 털이 긴 새하얀 고양이를 보고, 아마미야가 돌보던 고양이임을 금방 알아차렸다.

오해부터 풀어야겠다며 아마미야가 우리를 데리고 간 곳은, 요즘 보기 드물게 출입금지 구역을 설정해 정숙한 분위기를 풍기는 약간 특이한 절이었다.

아름다운 경치가 조각된 종루와 미즈야(절이나 신사에 참배하러 온 사람이 손을 씻는 곳-옮긴이)에서는 오랜 역사가 느껴졌고, 본당 정면에는 거대한 오텐구와 가라스텐구 가면이 걸려 있었다(텐구는 얼굴이 붉고 코가 큰 일본의 요괴로, 오텐구는 특히 코가 높고 신통력이 강하며 가라스텐구는 새처럼 부리가 있다고 한다-옮긴이). 아마미야가 데려가지 않았다면, 동네에서 멀리 떨어진 가정 집들 사이에 호젓이 자리 잡은 이 절을 나는 평생 모르고 살 았을 것이다.

마치 고마이누(마귀를 쫓기 위해 신사 앞에 놓아두는 개와 비슷한 형태의 동물 조각상-옮긴이)처럼 앉아 있는 고양이를 익숙한 손 놀림으로 쓰다듬으며 이 절 주지 스님에게 맡겼다고 아마미 야는 말했다. 흰 고양이는 마지막으로 보았을 때보다 둥글 둥글하니 살이 쪘고, 아마미야가 쓰다듬자 예전처럼 기쁜 듯 눈을 가늘게 뜨고 몸을 비볐다.

"살아 있었구나." 나도 모르게 그런 말이 튀어나왔다.

고양이 집단살해 사건이 발생한 직후에 행방불명돼서 틀 림없이 죽은 줄만 알았다. 게다가 범인은 아마미야의 형이었 다는 사실이 온라인상에 올라온 영상으로 확실해져서 더더 욱 아마미야가 딱하게 느껴졌었다.

그러자 아마미야가 예상외의 말을 꺼냈다. "간다가 이 녀 석을 맡길 곳을 같이 찾아줬어."

"이노리가?" 종루 밑부분에 앉아 있던 다쓰미 선배도 뜻

밖이라는 듯 목소리를 높였다.

아마미야가 고개를 끄덕이며 말했다. "……이 녀석만큼은 꼭 지켜야 했으니까."

"그게 무슨 소리야?"

나와 선배는 기분 좋게 아마미야의 손길을 받아들이고 있는 흰 고양이를 동시에 바라보았다. 아마미야는 울적한 표정으로 잠시 아무 말도 없었지만, 결심한 듯 고개를 들고 천천히 말을 꺼냈다.

"우리 형은 예전에 사람을 죽였어."

그 후 아마미야가 들려준 진실은 내 상상을 초월한 것이었다. 아마미야는 신중하게 말을 골라가며 무겁디무거운 과거를 설명했다.

아마미야의 가족은 부모님과 형 유히 그리고 아사히, 총 네 명이다. 아버지는 정치가, 어머니는 순종적인 전업주부, 다섯 살 많은 대학생 형 유히는 살해당하기 전까지 현 소재의 명문대학교에 오토바이를 타고 통학했다고 한다.

"형은 겉보기에는 멀쩡하지만, 옛날부터 또 다른 얼굴을 가지고 있었어. 초등학생 때 내가 축제에서 건져온 금붕어를 손으로 찌부러뜨려서 죽였고, 다쳐서 구조한 참새도 라이터로 지져서 죽였지. 그 자식은 옛날부터 약한 동물을 보면 웃으면서 아무렇지도 않게 괴롭히다가 죽였어. 정말로 사이코 패스였지, 정신이 완전히 망가졌다니까. 하지만 아버지는 그걸 인정하지 않았어. 형이 저지른 짓을 숨기기만 하고, 아들이 그런 망나니라는 사실을 인정하려 들지 않았어. 어른이 되면 괜찮아질 거라고 생각했겠지. 실제로 형은 나랑 달리 머리만큼은 좋았으니까.”

결국 아버지는 무엇보다도 자기 자리를 지키고 싶었을 거야, 하고 아마미야는 말했다.

“나도 예전에는 형이 무서워서 아무에게도 사실을 밝히지 못했어. 내가 할 수 있었던 일이라곤 그저 죽은 동물을 땅에 묻고 명복을 빌어주는 것 정도였지. 그런 나도 가족도 다 싫어서 구역질이 났어.”

아마미야는 담담하게 이야기를 풀어냈지만, 목소리에는 촛불처럼 잠잠한 분노의 불길이 타오르고 있었다. 그런 가정 환경에서 자라다 중학생이 됐을 무렵부터 형이 집에 있는 동안은 집에 얼씬도 하지 않았다. 밤에는 형을 피해 동네를 돌아다녔고, 그 영향으로 낮에는 학교에서 잠만 잤다.

그러던 어느 날, 아마미야는 한밤중에 해변에서 어떤 사람과 마주쳤다.

아마미야가 문득 하늘을 올려다보며 중얼거렸다. “이 동네에는 시간을 때울 만한 일이 하나도 없으니까, 밤새 별만 바라봤지. 그러던 어느 날이었어, 내가 아키쓰 요시야와 마주친 건."

그 순간 다쓰미 선배의 표정이 확 굳었다. 아마미야의 입에서 왜 그 이름이 나왔을까. 나도 찜찜하기 그지없었다.

천체망원경과 카메라를 품에 안고 있던 아키쓰가 한밤중에 해변에서 홀로 별을 바라보던 아마미야에게 말을 걸었다. 그 후로 두 사람은 가끔 거기서 대화를 나누는 사이가 됐다고 한다. 두 살 많은 아키쓰는 아마미야가 왜 밤중에 돌아다니는지 이유를 묻지 않았다. 대신 늘 별 이야기나 자기에 관한 이야기를 들려주었다고 한다. 남을 잘 챙겼다는 아키쓰는 분명 말로 표현하지는 않았지만 아마미야를 내버려둘 수 없었던 것이리라.

"아키쓰가 별 이야기만 하니까 쓸데없이 지식만 늘어났지. 딱히 별을 좋아했던 건 아니지만, 늘 올려다보던 이름 없는 별에 이름이 생기니까 좀 특별해 보이기는 하더라."

아마미야는 생각난 것처럼 발 옆에 드러누운 흰 고양이의 배를 다시 쓰다듬으면서 쓸쓸하게 웃었다.

하지만 곧 굳은 표정으로 다시 말을 이었다. "⋯⋯그날도 난 바다 곁에서 천체를 촬영하는 아키쓰와 별을 바라보고 있었어."

"그날이라니?" 다쓰미 선배가 재촉하듯 물었다.

"작년…… 오늘."

오늘이 아키쓰의 기일이라던 다쓰미 선배의 말이 떠올랐다. 이 찜찜함은 역시 착각이 아니었다.

"그날 촬영을 하러 온 아키쓰는 평소보다 기운이 없어 보였어. 친구를 위로하려다 실패했다고 하더군."

다쓰미 선배의 얼굴에서 핏기가 싹 가셨다.

"친구가 얼마 전에 야구 경기를 하다 다쳐서 더는 야구를 못하게 됐다는 이야기는 들었어. 기운을 북돋아주고 싶지만 어쩌면 좋을지 모르겠다고 고민했지. 까놓고 말해서 나랑 상관없는 일이니까 흘려들었지만. 그런데 갑자기 좋은 생각이 났다고 하더라고."

"좋은 생각이라니?" 나는 궁금해서 물어보았다.

"……쌍둥이자리 유성군." 아마미야는 하늘을 가리키면서 말했다.

"쌍둥이자리 유성군?"

"매년 이 시기에 쌍둥이자리 유성군을 관측할 수 있지. 그날 아키쓰는 선배한테 그걸 보여주려고 했어. 유성군은 몇 번이든 관측할 기회가 있다. 올해 못 보더라도 내년, 아니면 내후년이라도 기회는 반드시 찾아온다. 그러니 포기하지 말라고, 희망을 발견할 기회는 반드시 찾아올 거라고 선배에게 전하고 싶었대."

다쓰미 선배의 얼굴이 확 일그러졌다. 손바닥으로 얼굴을 가리고 떨리는 목소리로 자신을 비난하듯 말을 흘렸다.

"난…… 그런 줄도 모르고 그렇게 심한 말을."

아마미야는 그런 선배를 쳐다보며 말했다. "확실히 우울해 보이긴 했지만 아키쓰는 어디까지나 싸운 거라고 했어. 선배가 그랬잖아. 싸우기도 했지만 금방 원래대로 돌아갔다고. 절친이니까 싸움도 할 수 있었던 거라고."

선배의 턱에서 굵은 눈물이 떨어졌다. 선배가 지금까지 아키쓰의 죽음에 얼마나 책임을 느끼고 있었는지 새삼 깨달았다. 싸우지 않았더라도 갑작스러운 이별에는 가슴 먹먹한 후회와 미련이 남는 법이다. 다쓰미 선배가 얼마나 큰 후회를 안고 살아왔을지 가늠도 안 된다.

"하지만 그 싸움은……."

선배가 죄책감이 담긴 목소리로 말하자 아마미야는 낮에 했던 말과 똑같은 말을 꺼냈다.

"……아키쓰는 선배 때문에 죽은 게 아니야."

다쓰미 선배가 눈물에 젖은 얼굴을 들어 아마미야를 똑바로 바라보았다. 아마미야는 한순간 당황한 기색이었지만, 바로 그 이유를 밝혔다.

"그날, 우리가 있던 곳 근처에서 갑자기 동물의 비명 같은 소리가 들렸어. 어두워서 잘 보이지는 않았지만 누군가 제방에서 바다로 뭔가 던진 것 같더라고. 그 직후에 그자가 거기를 떠나서 가로등 옆을 가로질렀을 때 등골이 오싹했어. 그 인간이 형이라는 걸 금방 알아봤거든."

아키쓰는 그 사람이 아마미야의 형이라는 걸 몰랐다. 아마미야의 형이 떠난 후 두 사람은 헐레벌떡 제방으로 가서 아키쓰가 가지고 있던 손전등으로 바다를 비추었다. 그러자 바다에 빠진 새끼 고양이가 보였다. 한겨울의 바다, 구조를 요청하는 사이에 고양이는 분명 죽는다. 구할 방법이 없을까 아마미야가 고민하고 있을 때, 아키쓰가 망설임 없이 차가운 한겨울 밤바다로 뛰어들었다고 한다.

옷을 입은 채 뛰어든 아키쓰는 허우적거리면서도 새끼 고양이를 붙잡아서 제방 위에 있던 아마미야에게 넘겨주었다. 하지만 그때 이미 새끼 고양이는 축 늘어져서 움직이지 않았다.

"아키쓰가 그랬어. 자기는 괜찮으니까 당장 고양이를 병원에 데려가라고."

아마미야는 괴로움을 참듯 이를 악물었다. 나는 마른침을 삼키고 아마미야의 이야기에 귀를 기울였다.

"형이 아무런 반성도 없이 함부로 동물의 목숨을 빼앗는 걸 이번에는 절대로 못 본 척하고 싶지 않았어. 그래서 아키쓰에게 받은 새끼 고양이를 다운재킷 품속에 넣고 동물병원으로 달려갔지. 수의사를 깨워서 응급처치를 하자, 다행히도 고양이는 살아났어. 조금만 더 늦었으면 죽었을 거래."

그 후에 어떻게 됐을지는 나도 선배도 짐작이 갔다.

아마미야가 말해주는 절친의 마지막 순간을 다쓰미 선배는 흐느껴 울면서 들었다.

"……새벽녘이 되어서야 바다로 돌아가자 이미 구급차와 경찰차가 여러 대 와서 소란스러웠어. 나는 목숨을 구했다는 성취감에 취해 있었지만, 실은 살릴 수 있었던 또 다른 목숨을 내버려둔 거야. 그때 괜찮다는 아키쓰의 말을 진심으로 받아들이지 말고 손을 뻗을 여유가 있었다면……."

비통한 침묵이 우리를 감쌌다. 누구 하나 할 말을 찾지 못했다.

모두, 뭔가를 끌어안고 살아간다.

삶이란 고통과 괴로움을 가슴속에 억지로 밀어 넣고 앞으로 나아가는 것인지도 모른다. 죽음이 있는 인생은 언제나 잔혹하고 찰나와 같다.

어느 틈엔가 하늘에 달이 떠올랐다. 흰 고양이가 갑자기 울었다. 달빛이 비친 새하얀 꼬리를 꼿꼿이 세우고 뭔가 호소하듯이.

"혹시 이 고양이가?" 나는 깜짝 놀라서 물었다.

아마미야는 고개를 끄덕이며 "맞아" 하고 대답했다.

"아키쓰의 사고에 형이 관여했다는 증거는 없었어. 애당초 형이 직접 아키쓰를 바다에 떠민 것도 아니었으니, 설령 무슨 증거가 있었어도 무거운 처벌은 받지 않았을 거야. 억울하지만 나로서는 할 수 있는 일이 없었지. 하지만 이 녀석은 아키쓰의 목숨과 맞바꾸어서 살려낸 거잖아. 그러니까 내가 반드시 지키겠다고 다짐했지. 하지만 형이 있는 집에서 기를 수는 없으니 처음에는 빈집에서 몰래 길렀는데, 좀 크니까 멋대로 밖을 나돌아다니더라고. ……그 무렵에 또 사건이 발생했어."

불길한 그 말에 등골이 싸늘하게 얼어붙었다.

여름방학이 되기 전, 아마미야는 밤에 해변에서 찔린 상처가 있는 길고양이들의 사체를 발견했다. 우리가 뉴스를 통해 알기 전이다. 사체가 무더기로 방치된 것으로 보건대, 사람의 짓이 틀림없었다. 사체를 발견한 아마미야는 즉시 형의 얼굴을 떠올리고 직접 따졌다고 한다.

"형은 순순히 인정했어. 염화칼륨 용액까지 내놓으면서 그것도 사용했다고 했지. 형은 그 죄를 내게 뒤집어씌우려고 일부러 우리 학교에서 염화칼륨 용액을 훔친 거야. 이유를 물어보자 뭐라고 한 줄 알아? 그 자식, 그냥 심심풀이로 죽였대. 형은 나도, 죽은 고양이도 게임을 하다가 필요 없어지면 버리는 말 정도로 여겼을 거야." 아마미야는 분노가 타오르는 눈으로 말을 이었다. "……그때 형을 죽여야겠다고 생각했지. 그 자식은 앞으로도 계속 같은 짓을 저지를 거야. 그 자식이 살아 있는 한, 희생자가 계속 나와. 아키쓰가 지킨 고양이도 죽을 테고. 그러니 내가 죽여야 했어. 물리실 컴퓨터로 검색한 건 나야. 눈에는 눈, 이에는 이니까 나도 염화칼륨 용액으로 형을 죽이려고 방법을 조사했지."

"그럼 그건 이노리가 검색한 게 아니었던 거야?"

선배의 질문에 아마미야는 고개를 끄덕였다.

"응. 하지만 검색 기록을 간다에게 들켰어."

"이노리한테?"

"내가 해변에서 길고양이 사체를 발견했을 때, 아르바이트를 마치고 돌아가는 간다와 우연히 마주쳤어. 형에게 따지기 전이었으니까 간다에게는 형이 범인 같다는 이야기를 하지 않았지. 대신에 골판지 상자를 준비해서 고양이들을 넣고 함께 명복을 빌었어. 간다가 그러더라, 이 고양이들을 슈뢰딩 거의 고양이처럼 해주자고. 그럼 아직 보지 못한 사람에게는 반쯤 살아 있는 상태가 될지도 모른다면서. 그 후에 내가 물 리실에서 무슨 검색을 했는지 알고 간다가 끈질기게 캐물었 어. 그래서 하는 수 없이 형과 아키쓰 일도 포함해서 그때까 지 있었던 일을 전부 간다에게 털어놓기로 했지. 말하면 이 해하고 넘어가주지 않을까 싶었거든."

당초 경찰은 약품을 훔친 것도, 검색 기록을 남긴 것도 이 노리라고 추정했다. 하지만 그 후, 인터넷에 올라온 영상을 통해 염화칼륨 용액을 훔쳐 고양이를 죽이는 데 사용한 사 람은 유히였음이 밝혀졌다. 그리고 고양이 살해 사건 후, 그 염화칼륨 용액은 유히에게서 아마미야에게 넘어갔다. 하지 만 유히 또한 염화칼륨 용액이 투여되어 사망한 시체로 발견 됐다.

진실이 조금씩 드러날수록 감정이 마구 뒤섞여서 가슴이 뭉개지는 것처럼 아팠다.

"하지만 간다는 한사코 말렸어. 그런 짓을 했다가는 형이 랑 똑같아진다면서, 그런다고 마음이 편해지는 사람은 아무 도 없다고."

그 대신에 그날부터 이노리와 아마미야는 학교가 끝나면 흰 고양이를 맡길 곳을 함께 찾아다녔다고 한다. 고양이를 사건 현장 근처에 맡기면 걱정되니까 조금 떨어진 이 절까지 왔고, 이노리가 직접 담판한 끝에 주지 스님이 맡아주기로 했다. 그 후에 이노리는 자신이 알고 있는 사실을 덮어주는 대신 염화칼륨 용액을 맡아두겠다고 제안했다고 한다. 그때 살인 사건에 사용된 염화칼륨 용액이 이노리의 손에 넘어간 것이다.

　여름방학이 되기 전, 살해당한 고양이의 명복을 빌러 이노리와 함께 바다에 갔을 때가 떠올랐다. 그때 이노리는 사과 맛 사탕을 땅에 내려놓았다. 그건 고양이를 위한 물건이 아니라, 아키쓰가 죽었다는 사실을 아마미야에게 듣고서 아키쓰에게 바친 물건이었을지도 모르겠다. 두 가지 사건이 연결되자 지금까지 느꼈던 위화감이 조금씩 해소되는 기분이었다.

　"하지만 그럼 그 사건의 범인은 역시 이노리라는 건가?"
다쓰미 선배가 낙담한 목소리로 말했다.

　"그건 몰라. ……하지만 이 사건에는 간다 말고 뭔가 사정을 아는 사람이 한 명 더 있어."

　"무슨 소리야?"

그러자 아마미야는 놀랄 만한 사실을 털어놓았다.

"사건이 일어나고 얼마 후에 형이 생전에 촬영한 영상이 내 휴대전화로 전송됐지. 누가 보냈는지는 모르겠고. 다만 영상을 보고 이걸로 간다에 대한 여론이 바뀔지도 모르겠다 싶었어."

다쓰미 선배의 눈이 휘둥그레졌다. "그럼 그 영상을 누가 일부러 아마미야에게 보냈다는 거야?"

"아마미야, 혹시 네가 그 영상을 인터넷에 올린 거야?"

내가 묻자 아마미야는 감추지 않고 순순히 인정했다.

"간다만 나쁜 사람 취급당하는 걸 가만히 보고 있을 수가 없었어."

"그런데 누가 무엇 때문에 아마미야에게 그런 영상을 보낸 걸까."

다쓰미 선배가 의문을 제기하자 아마미야는 어깨를 으쓱했다.

"이유는 아무래도 상관없었어. 애당초 내가 얼른 죽였으면 간다도 사건에 휘말리지 않았을 테고, 아키쓰도 살아 있겠지. 간다가 형과 같은 편의점에서 아르바이트를 시작한 건 정말로 우연이었어. 난 형에 관해 털어놓았을 때, 그딴 인간이 있는 가게는 그만두라고 충고했어. 하지만 간다는 그만두지 않았지. 아마 내가 참다못해 살인을 저지르지 않도록 형의 행동을 감시하려 했는지도 몰라. 그런데 간다만 비난을 당하다니, 그럼 안 되잖아. ……그리고 영상을 누가 보냈는지는 대충 짐작이 가."

그 말을 듣고 다쓰미 선배가 당장 캐물었다. "아까 이노리가 어디 있는지 짐작이 간다고 했는데, 그거랑 관계있어?"

내가 제일 궁금했던 점이었다.

아마미야는 근처에 아무도 없는지 주변을 둘러본 후 목소리를 낮추어 말했다. "형이 살해당한 날 새벽 3시쯤에 오하라 역 근처에서 간다를 봤어."

내가 이노리와 삼나무 아래에서 마지막으로 이야기를 나눈 시간보다 나중이다. 그렇다면 그 후에 이노리는 오하라에 간 셈이다. 무엇 때문에 거기로 갔는지는 모르겠지만, 동아리방에서 늘 만났던 아마미야가 이노리의 얼굴을 잘못 봤을 리 없다.

"……간다는 시도와 함께 있었어."

"뭐? 시도라면 시도 선생님?"

다쓰미 선배가 놀라서 되묻자 아마미야는 가만히 고개를 끄덕였다.

"시도의 차에 간다가 타는 모습을 우연히 봤어."

"잠깐, 잠깐. 그럼 이노리는 지금 시도 선생님과 같이 있다는 거야? 설마 영상을 보낸 것도 시도 선생님?"

"아마도. 내 생각엔 그래. 하지만 명색이 피해자의 동생인데, 내가 괜히 동태를 살피다가 간다가 어디 있는지 들통나면 곤란하잖아. 그리고 일부러 몸을 숨긴 거라면 그냥 도망치게 놔두고 싶었어."

"그럼 그 사과맛 사탕은?"

아마미야는 말하기 힘들다는 듯이 잠깐 머뭇거리다가 대답했다. "그건…… 지금 내가 할 수 있는 일이 뭘까 고민해봤는데 그 정도밖에 생각이 안 나더라고. 그래서 사과맛 사탕을 사서 시도의 책상 밑에 놔둔 거야."

"그런데 왜 시도 선생님과 이노리가……."

의문은 그거다. 아무리 교사와 제자 사이라지만, 경찰에 쫓기는 학생을 숨겨줄까.

그때 엉켜 있던 실타래가 풀리듯 한 가지 가능성이 떠올랐다. 아키쓰의 죽음을 조사할 때 느꼈던 위화감, 이노리가 실종된 이유, 그리고 시도 선생님과 이노리의 관계. 그 모든 요소가 머릿속에서 한 가지 결론을 이끌어냈다.

"……알아낸 것 같아, 시도 선생님이 이노리를 숨겨주는 이유를. 만약 내 상상이 옳다면."

목이 메였다. 말을 꺼내려고만 해도 입술이 떨렸다.

심호흡을 한 번 한 후 나는 천천히 말을 이었다. "……이노리는 아직 살아 있어."

"살아 있다고?" 다쓰미 선배가 당혹스러운 표정으로 미간을 모았다.

"그걸 확인하고 싶으니까…… 내일 둘이서 날 좀 도와줬으면 하는데."

두 사람은 아무것도 묻지 않고 내 부탁을 받아들였다. 내 심정을 헤아린 것이리라.

이노리에게 한 걸음 더 다가섰다. 이제 다시는 못 만날 줄 알았던 이노리에게.

온몸의 피가 들끓어서 현기증이 났다.

솔직히 만약 살아 있다면 그것만으로 충분하다고 생각한 적도 있었다. 하지만 이노리가 살아 있을지도 모른다는 희망이 억누를 수 없을 만큼 부풀어 오른 지금은, 이노리를 한 번 더 만나야 한다는 생각이 머릿속을 가득 채웠다.

흰 고양이가 몸을 크게 젖히며 작게 울고 나서 자기 집으로 돌아갔다.

다쓰미 선배가 그 뒷모습을 눈으로 좇다가 불쑥 물었다. "아마미야, 아키스를 위해서 우주부에 들어온 거야?"

아마미야는 이노리와 나보다 먼저 우주부를 찾아가서 가입했다. 지금까지는 낮잠이 목적인 줄 알았지만, 사연을 듣고 보니 아무래도 그건 아닐 듯했다.

그러자 아마미야는 하늘을 가만히 올려다보며 중얼거렸다. "난 그저 별이 좋아졌을 뿐이야. 어떤 사람 때문에."

학교 주차장에 주차된 시도 선생님의 빨간색 미니밴은 점심시간에 반드시 어딘가로 사라진다. 예전에 이노리에게 들었던 이야기다.

아마미야가 진실을 들려준 다음 날 나는 선배, 아마미야와 함께 어떤 계획을 실행에 옮겼다.

인터넷에 올라온 영상 때문에 당분간 등교를 자제해달라고 부탁받은 아마미야는 물론, 다쓰미 선배와 나도 그날 학교를 결석했다. 대신 점심시간에 해당하는 시간대에 어떤 곳으로 향했다.

"하지만 거긴……."

자동차 운전을 맡은 다쓰미 선배는 내가 말한 목적지를 듣고 석연치 않은 반응을 보였다.

하지만 내 예상이 맞는다면 시도 선생님은 오늘도 거기 올 것이다.

결과적으로 내 예상은 맞았다.

우리가 도착하고 몇 분 지나지 않아 빨간색 미니밴이 나타났다. 차에서 내린 시도 선생님은 입구에서 나무 물통과 걸레 등을 빌리고, 물을 떠와서 어떤 무덤을 꼼꼼히 청소했다. 우리는 뒤편에 숨어서 그 모습을 조용히 바라보았다.

거기는 어제 우리 셋이서 찾아온 아키쓰 요시야의 무덤이었다.

"왜 시도 선생님이 매일 여기에……?"

다쓰미 선배는 여전히 의아해하는 눈치였다.

의아해하는 것도 무리는 아니다. 확실히 시도 선생님은 우주부였던 아키쓰의 담당 교사였다. 당연히 사고로 죽은 제자를 위해 성묘하러 올 수는 있다. 하지만 매일 온다면 이야기는 달라진다. 일개 학생을 위해 그렇게까지 하는 교사가 어디 있을까.

청소를 마친 선생님은 무덤 앞에 엉거주춤하게 서서 향에 불을 붙인 후 조용히 두 손을 모았다.

"선생님."

내가 부르자 시도 선생님이 돌아보았다. 선생님은 우리를 알아보고 놀란 표정으로 몸을 일으켰다.

"너희들, 왜 이런 곳에 있는 거니? 오늘 셋 다 쉬는 거 아니었어?"

"선생님은 이런 시간에 뭐하시는 거예요?" 나는 단도직입적으로 물었다.

선생님은 조금 당황한 투로 대답했다. "……뭐하기는, 성묘하러 왔지."

"1년 전에 죽은 학생의 무덤에 지금도 매일 찾아오세요?"

다쓰미 선배가 위화감의 핵심을 찔렀다. 그 질문에 시도 선생님은 고개를 푹 숙인 후, 아키쓰의 무덤에 다시 시선을 주었다.

"……아키쓰 선배는 선생님의 조카죠?"

그렇게 묻자 선생님은 휘둥그레진 눈으로 나를 보았다.

"그걸 어떻게……?"

"전에 아키쓰 선배의 사진을 보여드리러 교무실에 갔을 때, 선생님 책상에 어린 남자애를 안고 찍은 사진이 놓여 있는 걸 봤어요. 하지만 선생님은 결혼을 안 하셨다고 들었거든요. 그리고 아키쓰 선배의 사고에 관해 조사하다가 장례식 사진에서 선생님이 가족석에 앉아 계신 걸 봤어요. 그래서

감이 왔죠. 만약 아키쓰 선배가 선생님의 조카라면 앞뒤가 딱 맞는다고요."

내 추측을 들은 선생님은 표정을 살짝 풀고 인정했다.

"……용케 알아냈네. 맞아, 아키쓰 요시야는 내 누나의 아들이야. 학교 방침상 다른 학생들에게는 비밀로 했지. 다쓰미, 요시야랑 친하게 지냈는데 잠자코 있어서 미안하구나."

시도 선생님은 다쓰미 선배를 서글프게 바라보며 말했다.

"그런데 지금도 매일 오세요?"

선배가 묻자 선생님은 고개를 가볍게 끄덕였다.

"난 아이가 없거든. 그래서 요시야를 친아들처럼 귀여워했지. 요시야도 날 잘 따랐고. 그 영향인지 어렸을 적부터 천체에 흥미를 보이더라고."

선생님이 묘비를 살짝 어루만졌다. 코트가 차가운 바닷바람에 펄럭여서 안쪽의 흰 가운이 어른어른 보였다.

"그런데 설마 그런 식으로 나보다 먼저 죽을 줄은 꿈에도 몰랐다."

마치 혼잣말하듯 중얼거리는 시도 선생님의 눈동자는 지금도 슬픔으로 흔들리고 있었다.

아키쓰 요시야의 죽음은 수많은 사람의 마음에 깊은 상처를 남겼다. 그만큼 많은 사람에게 사랑받았다는 뜻이리라.

만약 아직 살아 있다면 나도 분명 아키쓰를 잘 따랐을 것이다. 그와 우주 이야기를 하면 얼마나 즐거울까.

허를 찌르듯 아마미야가 갑자기 입을 열었다. "선생님, 죄송해요. 사실 그 사고는……."

그러자 시도 선생님은 말을 막듯 고개를 저었다. "아마미야, 넌 아무 잘못도 없어. 사과하지 말렴. 오히려 나야말로 사과해야 할 일이 있어."

선생님은 당황한 기색의 아마미야에게 진실을 말해주었다.

"요시야가 부자연스러운 사고로 죽자 나도, 요시야의 어머니인 누나도 의심을 거둘 수가 없었어. 하지만 진실을 알고 싶어도 조사할 길이 없었지. 대체 왜 한겨울에 바다에 빠져 죽었을까. 요시야는 헤엄을 칠 줄 몰랐거든. 그래서 바다에 갈 때는 특히 조심했을 테고, 이 동네에서 태어나고 자란 요시야가 과연 그렇게 부주의한 짓을 할까 싶었지. 사고가 일어난 날, 요시야가 천체 촬영을 하러 갔던 곳은 사고 현장에서 조금 떨어진 곳이었어. 짐이 고스란히 놓여 있었으니 틀림없었지. 그런데 왜 짐을 놔두고 굳이 제방에 올라갔을까. 진실을 알고 싶었어. 그런데 올해 여름, 학교에서 도난 사건이 발생한 직후에 진실을 알게 됐단다. 아마미야가 간다에게 요시야가 당했던 사고에 관해 이야기하는 걸 우연히 들었거든."

아마미야가 눈을 동그랗게 뜨고 숨을 삼켰다. 시도 선생님은 사고의 진상을 이미 알고 있었다.

"진실을 알고 나서 너희 형에 대해 알아봤어. 너희 형이 직접 손을 쓴 건 아니야. 하지만 너희 형이 한 짓 때문에 요시야가 죽은 이상, 아무것도 하지 않고 넘어갈 수는 없었어. 그래서 너희 형이 타고 다니던 오토바이에 GPS를 달았지. 다시는 요시야 같은 희생자가 나오지 않도록 너희 형의 행동을 감시하려고."

담담한 말투였지만 안경 안쪽의 눈동자 속에서는 푸르스름한 불길이 소리 없이 흔들리는 것처럼 보였다.

"솔직히 그를 감시할 때 제정신이 아니었어. 요시야의 목숨을 뺏어놓고 아무렇지 않게 웃으며 지내는 그를 보고 화를 내지 말라고 한들 그게 어디 되겠니? 하지만 정작 요시야는 마지막까지 작은 생명을 지켜냈지. 그 아이다워. 정말로 훌륭해. 그래서 나도 요시야에게 부끄럽지 않은 삶을 살아야겠다고 마음먹었단다."

말을 마치고 잠깐 침묵을 지키던 선생님이 갑자기 고개를 들고 물었다.

"……간다 일을 물어보러 온 거지?"

선생님은 우리 속마음을 전부 다 꿰뚫어 본 듯했다. 나는 조용히 고개를 끄덕였다.

"아마미야가 이노리와 선생님이 함께 있는 모습을 봤대요. 아키쓰 선배가 선생님의 조카이고, 만약 선생님이 아키쓰 선배가 사고로 세상을 떠난 일의 진상을 이미 알고 계셨다면, 선생님께는 이노리를 도울 동기가 있으니까요."

아키쓰를 간접적으로 죽인 사람이 아마미야의 형이고, 만약 이노리가 아마미야의 형을 죽인 일에 관여했다면 선생님에게 이노리는 조카의 원수를 갚아준 은인인 셈이다. 그렇다면 그게 선생님이 이노리를 숨겨줄 이유가 될 수도 있다고 나는 추측했다.

"아마미야의 형이 살해되고 얼마 지나지 않았을 때부터, 가끔 교무실의 내 책상 밑에 사탕이 놓여 있더구나. 누군가 알아차렸다는 걸 나도 눈치챘어."

아마미야가 사서 몰래 놓아두었던 사과맛 사탕이다. 시도 선생님도 무슨 뜻으로 사과맛 사탕을 놓아두었는지 이해했으리라.

"이노리는 살아 있나요?" 나는 솔직하게 물었다.

무엇보다 일단 그걸 알고 싶었다. 그러자 시도 선생님은 내 눈을 가만히 들여다보더니 힘 있게 고개를 끄덕였다.

"살아 있어."

그 말을 들은 순간 온몸에 힘이 쭉 빠져서 나는 쓰러지듯 묘비에 몸을 기댔다. 온몸이 덜덜 떨리고 심장이 세차게 뛰어서 숨도 제대로 못 쉴 지경이었다. 그리고 어느덧 눈에 그득 차오른 눈물이 뚝뚝 떨어져 내렸다. 그다음 머릿속에 떠오른 소원은 단 하나뿐이었다.

나는 떨리는 목소리로 겨우 말을 꺼냈다. "……만나게 해 주세요. 이노리를 꼭 만나고 싶어요."

"이노리는 지금 어디에 있나요?" 나 대신 다쓰미 선배가 몸을 내밀고 물었다.

"……남이 들으면 안 되니까 우리 집으로 갈까."

선생님은 그렇게 말하고 일단 학교에 연락했다. 그리고 우리는 선생님 차를 따라 선생님 집으로 향했다.


선생님 집은 학교에서 그리 멀지 않은 곳에 위치한 단층주택이었다.

혹시 여기에 이노리가 있지 않을까 내심 기대했지만, 개성이라고는 없이 최소한의 필요한 물품만 갖춘 집에 이노리는 없었다.

약간 오래돼 보이는 난방기구가 윙윙거리는 방에서 선생님은 우리에게 대접할 따뜻한 차를 준비했다. 차가 준비되자다 함께 느티나무 원목 테이블에 둘러앉았다.

"여기는 원래 우리 부모님 집이야. 부모님이 돌아가신 후에 내가 물려받아서 살고 있지. 아차, 너희는 그런 이야기를 듣고 싶어서 온 게 아닐 텐데."

시도 선생님은 멋쩍게 웃음을 지으며 차를 한 모금 마시더니, 우리 얼굴을 한 번씩 바라보았다.

"그날, 난 미쓰야를 집에 바래다주고 나서 간다와 만났어."

드디어 시도 선생님이 자기가 알고 있는 사건의 진상을 꺼내놓았다.

살인 사건이 일어난 당일, 시도 선생님은 야간 관측을 마치고 나를 집에 바래다준 후 GPS로 유히의 행방을 확인했다. 그런데 유히의 오토바이가 이노리의 집 부근에 있어서 그길로 이노리의 집으로 향했다. 여름방학 전부터 이노리가 유히와 같은 편의점에서 아르바이트를 시작했다는 사실을 알고서 주의를 기울였다. 겉으로 보기에 유히는 아주 싹싹한 태도로 사람들을 대했고 이노리에게 집착하는 낌새도 딱히 없었기 때문에, 이노리한테 해를 끼치지는 않을 것이라 생각했다고 한다.

당연히 그때까지 유히가 이노리의 집에 접근한 적도 없었으므로, 시도 선생님은 의아한 기분으로 이노리의 집 초인종을 눌렀다. 집에서 불빛이 새어 나오고 인기척도 느껴졌지만 응답은 없었다. 선생님은 하는 수 없이 이노리의 집 옆에 차를 세운 채, 멈춰 있는 유히의 오토바이에 움직임이 있을 때까지 거기서 기다리기로 했다.

　잠시 후 시도 선생님은 이노리가 집에서 나오는 모습을 목격했다. 얼른 차에서 내려 말을 걸었는데 이노리가 몹시 동요해서, 좋지 않은 일이 일어났음을 바로 눈치챘다. 이노리를 차에 태우고 이야기를 나눌 수 있을 만큼 진정되기를 기다렸다가 무슨 일이 있었느냐고 묻자, 이노리는 가느다란 목소리로 '사람을 죽였다'고 고백했다고 한다.

　그때 선생님이 이노리에게 들은 이야기는 이랬다.

　사건 당일 유히는 이노리가 편의점에 깜박하고 간 열쇠를 갖다주러 왔다. 그리고 스마트폰 배터리가 다 됐으니 충전 좀 하자고 졸랐다. 이노리는 어쩔 수 없이 유히를 집에 들였다. 그의 인간성은 알고 있었지만, 사람에게 손을 댈 배짱은 없으리라 얕봤던 것이다. 이노리는 충전이 끝나는 대로 유히를 돌려보낼 생각이었다. 하지만 유히는 집에 들어오자마자 이렇게 말했다.

─야, 뭘 그렇게 알아내려고 기를 쓰냐?

유히는 아르바이트할 때 창고에서 충전 중이던 자신의 스마트폰을 이노리가 훔쳐보려고 하는 걸 목격했다고 이야기했다. 아무래도 이노리는 유히가 고양이를 살해한 증거를 확보하기 위해 실제로 그런 행동을 했다는 모양이다. 이노리가 동생의 친구임을 알고 있었던 유히는 그 일이 단순한 우연은 아닐 것이라 짐작했다. 이노리 말로는 어쩌면 열쇠도 잃어버린 게 아니라 일할 때 유히가 훔친 게 아닐까 싶다고 했다.

당시 이노리는 이왕 들통난 김에 아키쓰 요시야가 유히 때문에 죽었다는 사실을 본인에게 알리기로 마음먹었다. 아키쓰가 고양이를 구하려고 바다에 뛰어들었다가 죽은 일에 유히가 간접적으로 관여했다는 진실을 밝히면, 사태가 얼마나 중대한지 깨닫고 앞으로 마음을 고쳐먹지 않을까 싶었던 것이다.

그런 생각으로 이노리는 1년 전에 아키쓰가 익사한 사고를 알고 있느냐고 물어보았다.

그러자 유히는 히죽히죽 웃으며 말했다.

─그럼, 알지. 아키쓰라는 놈, 고양이를 구하고 죽었잖아? 그 자식, 밤에 아사히랑 자주 어울렸어. 그래서 좀 골려주려고 그 자식들한테 보이는 곳에서 길고양이를 바다에 내던졌

더니, 그 자식이 정말로 바다에 뛰어들어서 죽어버렸지 뭐야? 정말 등신이라니까. 뭐, 하지만 결국 놈이 멋대로 바다에 빠져서 죽은 거니 나랑은 상관없지만.

이야기를 듣고 있던 다쓰미 선배가 끼어들었다.

"어, 잠깐만요. 아마미야의 형은 아키스와 아마미야가 부근에 있다는 걸 알고서 고양이를 바다에 던졌고, 사고가 난 것도 알고 있었다는 말인가요?"

시도 선생님은 조용히 고개를 끄덕이며 말했다. "간다가 그날 들려준 이야기에 따르면 그는 요시야와 아마미야가 있다는 걸 알고서 행동에 나섰고, 그 때문에 요시야가 죽었다는 사실도 알고 있었던 모양이야. 그 이야기를 들었을 때는 나도 진심으로 증오가 싹텄다."

나도 두 귀를 의심했다. 다 알고 있었으면서, 그 후에 또 고양이 집단살해 사건을 일으킨 것이다. 그런 자가 나와 같은 인간이라니 도무지 믿기지 않았다.

"지금까지 자기에게 보여주었던 태도와는 딴판으로 요시야와 아마미야를 모욕하고 비웃는 그를 '용서할 수 없었다'고 간다는 떨리는 목소리로 말했어. 그리고 이 사람은 분명 똑같은 잘못을 또 저지를 거라고 생각했대. 그래서……."

시도 선생님은 말을 끊고 맞은편에 앉은 아마미야를 응시

했다. 아마미야는 머리를 쥐어뜯으며 탄식했다. 우리는 이노리가 짊어진 현실을 받아들이기 힘들었다.

그 후, 이노리는 분노를 숨긴 채 유히가 마실 차에 어머니의 상비약인 수면유도제를 섞었다고 한다. 이윽고 유히가 잠에 빠지자 이노리는 예전에 아마미야가 세웠던 완전범죄 계획을 자기 손으로 실행하기로 했다. 하지만 한 가지 오산이 있었다.

"사람들이 잘 모르는 사실인데, 마취하지 않고 염화칼륨 용액을 투여하면 통증이 심해. 당연히 그도 아파서 깨어났겠지. 그래서 몸싸움이 벌어졌고 간다는 결국 부엌에 있던 식칼로 그를 찔러 죽였어. 그게 그 사건이 벌어지고 나서 간다가 내게 말해준 진실이야."

이노리의 고백을 듣고 사정을 이해한 시도 선생님은 앞으로 어떻게 할 생각이냐고 물었다. 교사로서, 아키쓰의 삼촌으로서 당연히 그냥 내버려둘 수는 없었다.

"간다는 죽을 작정이라고 했어. 상대가 어떤 인간이든 목숨을 빼앗은 죗값을 치르려면 죽는 수밖에 없다고."

그때 이노리의 심정이 어땠을지 생각하자 먹먹한 기분으로 가슴이 터질 것만 같았다.

"자수하라고 권했지만 간다는 한사코 거부했어. 하지만

난 더 이상 아무도 죽지 않길 바랐지. 그리고 솔직히 그가 죽었다고 들었을 때 내심 안도했어. 나도 분명 마음속 한구석으로 그가 죽기를 바라왔던 거야. 즉, 나는 간다와 같은 죄를 지은 셈이지. 간다가 죽이지 않았다면 언젠가 내가 죽였을지도 몰라……. 그래서 간다에게 제안했어."

"……제안?"

선생님은 내 얼굴을 바라보고 말했다. "슈뢰딩거의 고양이가 되지 않겠느냐고."

문득 그날 이노리가 했던 말이 떠올랐다.

"살았는지 죽었는지 뚜껑을 열 때까지는 아무도 몰라. 그런 상태라면 살아 있어도 되지 않겠느냐고 제안했단다."

이노리가 그날 왜 그런 식으로 내 앞에서 자취를 감췄는지 드디어 이해했다.

"내가 막무가내로 설득하자 간다도 결국 고개를 끄덕였어. 하지만 마지막으로 꼭 가고 싶은 곳이 있다길래 일단 거기서 헤어졌지. 바래다주겠다고 했지만 어딘지 절대로 안 알려주더구나. 하지만 반드시 돌아오겠다는 간다의 말을 믿고 기다리는 수밖에 없었어."

이노리가 비밀로 했던 곳이 어디인지 나는 안다. 이노리와 마지막으로 만났던 그 삼나무다. 거기서부터는 나도 알고 있는 이야기였다. 이노리가 실종된 이유를 드디어 알았다. 마치 뜯겨나가는 것처럼 가슴이 아팠다.

만약 지금 들은 내용을 그때 전부 알고 있었더라면, 이노리의 마음에 좀 더 가까이 다가갈 수 있었을까. 이노리가 짊어진 죄를 함께 짊어질 수 있었을까. 생각하면 생각할수록 이상과 현실 사이에서 아무것도 하지 못했던 나 자신을 저주하게 된다.

마지막으로 만났을 때 이노리는 두 번 다시 내 앞에 나타나지 않을 작정이었을까. 시도 선생님 곁으로 돌아가 자기 자신을 상자 속에 감춘 이노리가 어떤 각오로 내 앞에서 사라졌는지는 알 수 없다. 하지만 내 대답은 변하지 않았다. 오히려 전부 알고 나자 이노리를 만나고 싶은 마음이 더 커졌다.

다쓰미 선배가 선생님에게 확인하듯 물었다. "그 영상을 아마미야에게 보낸 것도 역시 선생님인가요?"

"유히의 스마트폰은 사건 당일부터 내가 가지고 있었어. 스마트폰에 저장된 정보를 살펴보다 그 영상을 발견했지. 내가 인터넷에 공개할 수도 있었지만, 그러면 가족인 아마미야도 말썽에 휘말릴 것 같더구나. 그래서 아마미야에게 판단을 맡긴 거야."

그 결과 아마미야는 자신도 비난받을 것을 각오하고 영상을 세상에 공개했다.

"이노리는 지금 어디 있나요?"

시도 선생님은 할 말을 세심하게 고르다가 입을 열었다. "아쉽지만 지금 당장 간다를 만날 수는 없어. 내 독단으로 정할 일도 아니거니와 어디 있는지 함부로 발설해서도 안 되겠지. 하지만 물어볼게. 그러니 조금만 더 기다려주지 않겠니?"

불안하지 않다고 하면 거짓말이다. 이노리가 나와 만나고 싶어 할지, 그 대답은 이노리밖에 모르기 때문이다. 하지만 다시 만날 수 있다면 이번에야말로 눈을 감은 사이에 놓치지 않겠다. 이노리의 고통을 함께 나눌 수 있는 남자가 돼서, 다시는 이런 후회를 하지 않겠다. 나는 속으로 굳게 맹세하며 가만히 고개를 끄덕이고 선생님의 집을 나섰다.

선배의 차를 타고 돌아가는 길에 이노리를 만난다면 어떻게 해야 할지 셋이서 의논했다. 만약 만날 수 있더라도 세심한 주의를 기울여야 한다.

상식적으로 판단하든 법률적으로 판단하든 이노리의 죄는 용납받을 수 없다. 숨기는 것 자체가 엄연한 범죄다. 잘 알지만 그래도 우리는 이노리를 지키고 싶었다.

"난 안 만나도 돼." 선배는 앞만 똑바로 보고 운전하면서 조수석에 앉은 내게 말했다. "그러다 이노리가 체포될 위험성이 높아진다면 난 안 만나도 상관없어."

선배의 말을 듣고 뒷좌석에 드러누워 있던 아마미야도 "동감" 하고 말했다.

"하지만 미쓰야, 만약 간다를 만나면 전해줘. ……살아 있어줘서 고맙다고."

룸미러에 비친 아마미야는 그렇게 말하고 팔로 얼굴을 덮었다.

아마미야가 선택한 말은 역시 사과의 말이 아니었다. 그런 말을 이노리가 바라지 않으리라는 걸 아마미야는 알고 있었다. 나는 아키쓰의 무덤 앞에서 거듭 사과하는 다쓰미 선배에게 아마미야가 했던 말을 속으로 곱씹었다.

운전대를 잡은 다쓰미 선배가 불쑥 중얼거렸다. "이노리는 아마미야에게 구세주였는지도 모르겠네."

만약 이노리가 나서지 않았다면, 지금쯤 아마미야가 이노리 대신 저질렀을지도 모른다. 그랬다면 지금 우리가 알고 있는 아마미야는 분명 존재하지 않았으리라.

"……그런 흔하디흔한 말로는 다 표현 못 해." 아마미야는 차분하지만 단호한 목소리로 딱 잘라 말했다.

그 모습을 보고 있자니 아무래도 신경이 쓰였다.

"아마미야, 혹시 이노리를……."

내가 뭘 물어보려고 했는지 알아차렸겠지만 아마미야는 아무 대답도 하지 않았다. 하지만 무반응이 곧 대답이었다. 그래도 이노리만큼은 양보하고 싶지 않았다.

"······아마미야, 미안해. 난 역시 이노리 곁에 있고 싶어."

선배의 표정이 살짝 풀리는 걸 보고 부끄러웠지만 말을 취소할 생각은 없었다. 이게 내 진심이니까.

"······멍청아, 나한테 그런 말을 해서 어쩌자는 거야."

핀잔을 준 아마미야도 살짝 웃은 것 같았다.

연초에 발매된 한 주간지에 아마미야의 어머니가 자살을 기도했다는 기사가 실렸다.

사랑하는 큰아들이 죽은 것도 모자라 고양이 집단살해 사건의 가해자라는 사실이 공개돼서 아마미야의 어머니는 정신적으로 한계에 다다른 것이다. 결국 손목을 긋고 구급차로 병원에 실려 갔지만, 다행히 생명에 지장은 없었다. 나는 그러한 사정을 아마미야에게 이미 들었다. 다만 주간지에 그런 기사가 실린 걸 계기로 뉴스 프로그램에서도 미결 사건을 다시 다루기 시작했다.

시도 선생님이 숨겨놓은 곳에서 이노리가 사라졌다는 소식을 들은 건 그 직후였다. 3학기가 시작되고 얼마 지나지 않아, 이노리가 사라진 당일에 선생님이 직접 귀띔해주었다.

그때까지 이노리는 선생님의 집에서 가까운, 아키쓰 요시야의 어머니이자 선생님의 누나 집에 몸을 숨기고 있었다고 한다. 하지만 주간지가 발매되고 며칠 후, 아침에 아키쓰의 어머니가 일어나자 이노리는 홀연히 자취를 감춘 뒤였다고 한다. '역시 저만 살아 있을 수는 없어요'라는 편지를 남겨놓고서.

다쓰미 선배와 아마미야도 그 소식을 들었다. 하지만 아마미야는 피해자 유족이니까 섣불리 움직였다가는 경찰에 발각될 위험성이 있다. 그래서 선생님, 선배, 내가 분담해서 이노리를 찾아보기로 했다.


달의 심장 소리가 들릴 것처럼 고요한 밤이었다.

나는 낮부터 주변이 어둠 속에 녹아들 때까지 이노리를 찾아다녔다. 찾는 내내 이노리와 만나고부터 지금까지 있었던 일을 떠올렸다.

내 인생에 느닷없이 떨어진 날벼락. 이노리와 만난 일은 바로 그거였다. 그런 이노리와 사랑에 빠졌다. 어느 틈엔가, 하지만 필연적으로.

이노리를 좋아한다. 그리고 이노리가 보여준 풍경과, 내게 마련해준 장소와 친구도 좋아한다.

이노리와 관련된 모든 게 좋다. 한없이 사랑스럽고, 아프고, 괴롭다.

쓸모라고는 없는 내가 살면서 이런 감정을 느낄 줄은 몰랐다. 하지만 한심하게도 소중한 감정을 하나도 전하지 못했다.

이노리가 없어지는 날이 올 줄은 꿈에도 몰랐다는 말은 핑계에 불과하다. 이 세상의 모든 것이 언젠가 끝난다는 사실을 난 알고 있었다. 그런데도 전하지 않았다.

부끄러움을 잠깐만 참으면 되는데, 모자란 용기를 조금만 짜내도 되는데, 전부 과거의 트라우마 탓으로 돌리고 도망쳤다. 그 결과 전하지 못해 후회와 미련으로 바뀐 말들은 이노리가 없어지고 나서 한층 깊이 가슴속에 새겨졌다.

이제 늦었는지도 모른다. 하지만 그걸 핑계 삼아 또 도망치기만 하는 나로 돌아가고 싶지는 않았다. 달라지고 싶었다. 소중한 걸 소중하게 다룰 수 있게, 도망치기보다 지킬 수 있게, 손을 내밀기를 기다리기보다 먼저 손을 내밀 수 있게, 고통에 빠진 누군가를 치유할 수 있게.

자정이 지났다.

얼어붙을 것처럼 추운 날씨다. 이노리의 행방을 찾지 못했지만 선생님과 선배에게 오늘은 이만 수색을 끝내자는 연락이 왔다. 나보고도 이만 가서 쉬라고 하길래 말을 듣는 척하고 어떤 장소로 돌아갔다. 그 삼나무 아래다.

여기는 나와 이노리 말고는 아무도 모르는 곳이다. 그러니까 혹시나 싶어 낮에도 한 번 와봤지만, 그때는 이노리가 없었다.

주변은 이미 깊은 어둠에 휩싸여, 바로 옆까지 가지 않으면 누가 있는지 없는지조차 구분이 되지 않는다. 하지만 자전거에서 내려 삼나무 아래 달빛에 비친 사람 형체를 발견한 순간, 나는 바로 이노리임을 확신했다. 온종일 돌아다니느라 쌓인 피로가 이노리를 보자마자 싹 날아갔다.

손이 하염없이 떨렸지만, 추위 때문이라는 핑계를 대며 한 발짝 한 발짝 이노리에게 다가갔다. 심장 소리가 온몸에 퍼져서 귀가 멀 것만 같았다. 심장 소리가 너무 커서 어쩌면 정말로 달의 심장 소리가 들리는 게 아닐까 싶을 정도였다.

도리이를 지나 삼나무 아래에 무릎을 끌어안고 앉아 있는 이노리 앞에 섰다. 이노리는 내가 온 걸 알고 슬며시 고개를 들었지만 아무 말도 하지 않았다. 그래서 내가 "오랜만이네"

하고 먼저 말을 꺼냈다. 목소리가 떨렸다.

진부한 표현이지만 정말로 심장이 입에서 튀어나올 것만 같았다. 나는 몇 번이고 솟아오르려는 심장을 간신히 삼켰다. 만나길 갈망했던 이노리가 마침내 눈앞에 나타나자, 준비했던 말들을 단숨에 전부 잊어버렸다. 이날을 위해 오늘까지 수없이 예행연습을 했다. 하지만 이노리 앞에서는 아무 도움도 안 된다는 걸 깨달았다.

뭔가 말하기 전에 울음이 터질 것 같았다. 이날이 오기를 얼마나 고대했는지 모른다. 나는 눈물을 참는 게 고작이라, 결국 더는 말을 꺼내지 못했다.

"또 볼 수 있을 줄은 몰랐는데."

드디어 이노리의 입에서 나온 말을 듣고 나는 어색하게 미소 지었다.

눈앞에서 보는 이노리는 마지막으로 만났을 때보다 조금 수척해졌다. 하지만 역시 정말 예뻤다. 방금까지 그 무엇보다 아름답게 떠 있던 달조차 이노리 앞에서는 흐릿해 보였다. 이 세상에 이노리보다 아름다운 건 존재하지 않는다는 사실을 다시금 확인했다.

"……난 보고 싶었어."

떨리는 목소리로 겨우 말을 꺼내자 이노리가 조금 놀란 표정으로 나를 올려다보았다.

"……진짜?"

"응. ……정말, 정말 보고 싶었어."

창피함이고 체면이고 다 버리고서 지금까지 마음에 담아 두었던 마음을 솔직하게 표현했다. 그런 내 태도에 이노리는 당황한 눈치였다.

"구온이 그렇게 말할 줄은 몰랐어."

"이제 부끄럽다거나, 말하지 않아도 전해진다거나 그런 이유로 중요한 말을 못 하는 건 싫어."

이노리는 어쩐지 침착하지 못하게 시선을 이리저리 돌리다 고개를 숙였다.

옆에 앉아서 이노리의 옆얼굴을 들여다보며 말을 이었다. 일단 입을 열자 하고 싶은 말이 차례차례 튀어나와서 나 스스로도 멈출 수 없었다.

"하고 싶은 말이 있는데, 내가 먼저 말해도 될까?"

이노리는 여전히 당황한 기색을 감추지 못하면서도 고개를 끄덕였다. 나는 심호흡을 한 번 하고 처음으로 본인 앞에서 이름을 불렀다.

"……이노리."

이노리가 눈을 반짝이며 이쪽을 보았다.

나는 지금까지 내 마음을 표현하기는커녕 본인 앞에서는 이노리의 이름조차 부른 적이 없었다. 이름을 부르기가 부끄러워서 도망친 것이다. 하지만 이제 다시는 그런 어이없는 이유로 후회를 남기기 싫다.

눈과 눈이 마주쳤다. 나는 그 시선을 놓치지 않도록 똑바로 바라보았다.

"나는 이노리를 좋아해. 어느 틈엔가 좋아하게 됐어. 만나지 못할 때도 계속 좋아했고. 분명 앞으로도 난 이노리를 영원히 좋아할 거야."

내 말을 잠자코 듣고만 있던 이노리는 떨리는 입술을 꼭 깨물었다.

"난 이노리를 만나고 처음으로 가슴 떨리는 기분을 느꼈어. 내일도 널 만난다고 생각하면 내일이 오는 게 기대됐지. 널 만난 덕분에 살아 있길 잘했다 싶었어."

거짓 한 점 없는 말을 꺼내놓으며 내게 이노리의 존재가 얼마나 큰지 새삼 실감했다. 곁가지 같은 인생을 살던 내가 가슴 떨리는 세상과 만나고 사랑을 했다.

과거 탓이 아니라 과거 덕분에 지금이 있다고 생각하게 된 건, 분명 이노리와 만난 것이 계기였다. 이노리가 억지로 등을 떠밀어주지 않았다면 난 지금도, 아니 죽을 때까지 이런 감정을 접하지 못했으리라.

"그러니까 이노리, 날 만나줘서 고마워. 내내 하고 싶던 말이었어. 내게 말을 걸어줘서 고마워. 날 좋아한다고 말해줘서 고마워. 이노리가 좋아한다고 말해줘서 나도 나 자신을 좋아할 수 있었어. 이노리 덕분에 난 달라졌어. ……그런데 제일 힘들 때 곁에 있어주지 못해서 미안해."

말하다가 결국 참지 못하고 눈물을 흘렸다. 이노리의 눈에도 금세 눈물이 차올랐다. 이노리는 헐렁헐렁한 코트 소매로 눈물을 닦으며 여러 번 고개를 저었다.

"사과하지 마. 구온은 아무 잘못도 없는걸. 그리고 난 구온의 마음을 받을 자격도 없어. ……살인자니까."

발개진 눈으로 살인을 고백하는 모습을 봐도 내 마음은 흔들리지 않았다. 이 감정이 옳은지 그른지 따지는 건 이미 관뒀다. 사람이 늘 도덕적이고 올바른 감정만 품는 건 아니다. 그 결과, 남에게 부정당하더라도 난 끝까지 이노리를 편들기로 결심했다. 그게 내 대답이었다.

"응. 그래도 내 마음은 변함없어."

"안 돼, 난 살아서는 안 될 인간이야."

"아니야. 적어도 내게 네가 없는 세상은 아무 가치도 없어. 네가 지금 죽는다면 나도 죽을 거야."

내 말에 이노리는 목 놓아 울었다. 나는 손을 살며시 뻗어서 이노리의 등을 다정하게 쓰다듬었다. 그러면서 진심으로 맹세했다. 온 세상이 적으로 돌아서더라도 이노리 곁에 있겠다고.

펑펑 울던 이노리가 갑자기 떨리는 목소리로 중얼거렸다. "⋯⋯살면서 나 같은 건 없어져야 한다는 생각을 참 많이 했어."

삼나무 아래에서 이노리가 처음으로 사라지고 싶다고 했을 때가 떠올랐다.

"⋯⋯아빠가 자살하기 전날 그랬어. 내가 태어난 후로 자기 인생이 망가졌다고, 나만 태어나지 않았으면 자기는 지금도 행복할 거라고. 그러더니 친엄마가 왜 날 놔두고 나갔는지 아느냐고 묻더라? 내가 곁에 있으면 불행해지기 때문이래. 그 말에 정말 크게 상처를 입었는데, 사실은 그 말이 진짜냐고 제대로 따져 묻고 싶었어."

자기 행동은 제쳐놓고 딸에게 그런 소리를 하다니 용납이 안 됐다. 당시 일곱 살쯤 됐을 아이에게 무슨 책임이 있단 말인가. 기분이 언짢아서 눈썹을 찌푸리고 이야기를 들었다.

"하지만 그 말을 남기고 아빠는 정말로 죽어버렸어⋯⋯. 죽으면 아무 반론도 못 하고 변명도 듣지 못하잖아. 그래서 어쩌면 난 정말로 주변 사람을 불행하게 만드는 인간이 아닐까, 그런 생각이 들었어. 그렇게 생각하니 뭣 때문에 사는지 모르겠더라고. 언젠가 또 누군가를 불행하게 만들 바에야 차라리 사라지고 싶다는 마음으로 살아왔어."

이노리가 사라지고 싶다는 마음을 품게 된 계기를 드디어 알게 되었다. 이노리에게 트라우마를 남긴 그 말은 객관적으로 볼 때 터무니없는 소리지만, 만약 친부모가 그런 폭언을 하고 죽는다면 과연 터무니없는 소리로 치부하고 넘어갈 수 있는 사람이 얼마나 될까.

"하지만 동생은 그런 나를 받아들여줬어. 갑자기 생긴 동생이지만 나를 아주 잘 따라서 정말 기쁘더라. 부모님이 없어졌다는 슬픔과 쓸쓸함을 메워준 건 동생뿐이었어. 아빠가 자살한 후, 새엄마가 나를 시설에 맡기려 했을 때도 동생이 반대했지. ……그래서 그때부터 앞으로는 동생이나 누군가 다른 사람을 위해 살기로 마음먹었어. 내 마음에 뚜껑을 덮고 살면 다시는 불행해지는 사람이 없지 않을까 싶어서."

이노리가 코를 훌쩍이며 예상치도 못한 말을 꺼냈다.

"구온, 아까 내 덕분에 달라졌다고 했잖아. ……아니야. 그런 내 인생을 바꾸어준 사람이 바로 구온이었어."

무슨 말을 하는 건지 짐작도 가지 않아서 나는 고개를 갸

228  Episode 3

웃했다.

"나, 실은 고등학교에 가지 않을 생각이었어. 동생은 장래에 음대를 가고 싶어 했고, 새엄마는 내 학비를 내기 싫어했거든. 하지만 그런 사정을 모르는 동생의 입장을 생각해서 입학시험만 치기로 했어. 일종의 기념이었지. 정말로 시험만 치고 치울 작정이었어."

이노리는 그렇게 말하고 나를 빤히 쳐다보았다.

"……시험 날 구온과 만날 때까지는."

"날 만났다고?"

내내 궁금했다. 이노리가 왜 날 좋아하게 됐는지…….

시험 날은 솔직히 잘 기억이 나지 않는다. 딱히 긴장한 것도 무슨 일이 있었던 것도 아니고, 그냥 시험을 쳤다는 기억뿐이다. 중학생 때는 친구도 없어서 시간 나면 공부만 했으니 나름대로 자신이 있었다. 그래서 솔직히 여유를 부린 건 부정할 수 없는 사실이다.

"구온은 기억도 안 나겠지만, 시험 날 학교 갈 때 전철에서 우연히 구온 옆자리에 앉았어."

"그랬어?"

내가 눈을 깜박거리자 이노리는 약간 의기양양하게 고개를 끄덕였다.

"구온은 책에 푹 빠져 있었으니까 모르는 것도 당연하지. 하도 열심히 들여다보길래 입학시험 기출문제라도 보나 싶어서 별생각 없이 곁눈질했어. 그런데 그런 중요한 날에 문제집은커녕 우주 도감을 보고 있더라? 그것도 모자라 책갈피 대신 수험표를 책에 끼워놨더라니까. 깜짝 놀라서 새삼 쳐다봤어."

이노리는 어깨를 으쓱하며 표정을 누그러뜨렸다.

"입학은 못 하더라도 일생에 한 번뿐인 기념 시험이라고 내가 의욕을 불태울 때, 옆에 앉은 남학생은 시험은 어찌 되든 상관없다는 듯 우주 도감에 푹 빠져 있다니. 그것도 아주 즐거운 표정으로. ……그때 이 사람의 머릿속에는 대체 어떤 세계가 펼쳐져 있을까 몹시 궁금해졌어. 겉보기에는 얌전해 보이지만, 이 사람 눈에는 아주 멋진 세상이 보이는 게 아닐까 하고."

설마 시험 날에 이노리가 날 봤을 줄이야.

당시에도 이동하는 시간에는 대개 우주 관련 서적을 읽었으니까, 그날이 유독 특별했던 건 아니다. 시험 직전까지 공부한들 머릿속에 뭐가 더 들어올 것 같지도 않았고, 그럴 바에야 평소처럼 행동해서 긴장을 푸는 편이 나을 것 같았다. 그러니까 그때 내가 봤던 게 딱히 멋진 세상이라고 할 수는 없다. 하지만 뭔가 크게 착각했던 이노리는 시험을 치자마자 서점에 가서 내가 읽던 우주 도감을 샀다고 한다.

"그때까지 우주 생각은 한 번도 안 해봤어. 눈앞의 현실을 살기 급급했으니까. 그런데 그 책을 읽으니까 내가 끌어안고 있던 감정이며 고독이 녹아내리지 뭐야. 세계가 넓어지고 그렇게 괴로웠던 고민까지 별것 아닌 것처럼 느껴졌어. 아빠가 죽은 후로 그런 기분이 든 건 처음이었지."

나도 비슷한 이유로 우주의 세계에 빠졌으니까 그 심정은 이해가 가고도 남는다. 주체할 수 없는 고독도 우주를 생각하는 동안은 잊어버릴 수 있다. 그 어떤 고민도 삶을 옥죄는 족쇄도, 우주 앞에서는 너무나 작고 하찮게 느껴진다.

그 순간이 어린 시절의 나를 구해주었다.

"그 후로 우주에 대해 공부했지. 공부하면 할수록 푹 빠져서 도서관에 다니며 책도 많이 읽었어. 그렇게 지내다가 기념으로 친 시험에 합격했다는 걸 알았어. 그때 처음으로 조금만 나 자신을 위해 살아보자는 마음이 들더라. 동생이나 다른 누군가를 위해서가 아니라, 나를 위해 고등학교에 가고 싶었어. 이런 기분을 알려준 그 사람을 한 번 더 만나고 싶었거든. 구온과 다시 만나서 이야기를 해보고 싶었어."

이노리는 눈을 반짝이며 그 당시 이야기를 했다.

"그래서 딱 1년 만이라도 괜찮다고 새엄마를 설득해서 입학을 허락받았지. 하지만 구온과 만나서 이야기를 해보니 생각했던 대로 재미있는 사람이라 학교에 다니는 게 더 즐거워졌어. 딱 1년이라고 약속하고 입학을 허락받았는데, 더 오래 같이 지내고 싶어졌지. 그래서 조금이라도 내 힘으로 학비를 부담하고 싶어서 아르바이트도 했어. 하지만 구온과 좀 더 오래 같이 지내기 위해서라고 생각하니까 하나도 힘들지 않더라고. 구온 덕분에 날 위해 살아가는 의미를 찾아낸 거지."

그리고 이노리는 나를 보고 말을 이었다.

"……구온이 내게 우주를 만들어준 거야."

나도 모르는 사이에 이노리의 인생에 영향을 준 걸 알고 놀라움을 감출 수 없는 한편으로, 가슴이 찡할 만큼 기쁘기도 했다.

"설마 그런 일이 계기였을 줄은 꿈에도 몰랐어."

내가 솔직히 말하자 이노리는 발개진 눈으로 미소를 지으며 대답했다.

"한눈에 반한다는 건 그런 거야. ……그런 일 때문에 인생이 크게 바뀌기도 하고."

언젠가 이노리가 운명적인 사람과 만나 한눈에 반할 확률에 대해 말했던 게 생각났다.

……우리는 서로에게 우주의 시초였다.

터널 효과에 의해 펼쳐진 우주처럼 우리는 서로를 만난 순간, 아무것도 없는 듯 보였던 무에서 유의 세계로 변했다.

이건 기적일까. 기적 같은 우연일까.

아니다. 나는 그런 말보다 우리에게 훨씬 잘 어울리는 말을 안다.

"……이노리, 난 운명을 믿어."

우리가 지금 함께 있는 건, 우주의 시초부터 오늘까지 수많은 시간과 현상과 우연이 겹치고 겹친 결과다. 이노리를 만나고 사랑에 빠진 순간, 내가 견뎌온 수천 일의 비애 어린 밤에 비로소 의미가 생긴 것 같았다. 이노리와의 만남이 지금까지 부정적이었던 내 인생을 긍정적으로 바꾸어주었다.

나는 내 인생을 소중하게 살기 위해, 그래야 함을 깨닫기 위해 이노리가 필요했다. 그리고 나뿐만 아니라 이노리도 그러했음을 알고서 확신이 생겼다.

……나와 이노리가 만난 건 분명 정해진 운명이었다.

나는 이노리의, 이노리는 나의 우주를 탄생시키는, 모든 것의 시발점이었으니까.

"이노리, 네가 믿음을 안겨줬어. 지치지도 않고 몇 번이고 다가와서 어느덧 난 네 의도대로 운명을 믿게 됐지. 그래서 네가 없어진 후에도 난 뭘 하든 어디 있든 너만 생각했어. 마치 세상에서 시간이 사라진 것만 같았지. 널 마지막으로 만났을 때, 눈을 감지 말고 널 똑바로 보고 있을 걸 그랬다고 몇 번이나 후회했는지 몰라."

내 말을 듣고 있던 이노리가 다시 눈물을 뚝뚝 흘리면서 한탄하듯 말했다. "……미안해. ……나, 이제 돌이킬 수 없는 곳까지 와버렸어."

이노리가 저지른 죄를 용서할 수 없는 사람이 많을 것이다. 상대가 어떤 사람이든 살인을 저질러도 된다는 법은 없다. 그 죄는 이노리가 살아 있는 한 영원히 사라지지 않으리라.

하지만 죄를 저지른 인간을 이 세상 누구도 용서해서는 안 된다는 법도 없다. 그러므로 나는 이노리를 용서하기로 했다. 다른 사람들이 아무리 원망하고 욕하든, 나만큼은 무슨 일이 있어도 이노리를 용서하는 사람으로 남겠다. 그게 이 우주에 하나뿐인 운명적인 사람을 만난 내 의무니까.

"난 너를 용서할 거야. 죄도 포함해서 전부 다 내가 받아들일게."

이노리가 난처한 표정으로 고개를 들었다.

"대신에 앞으로 쭉 네 곁에 있게 해줘. 난 다시는 널 잃고 싶지 않아. 그러니까 자수하면 좋겠어."

그 말에 이노리는 입술을 떨며 나를 똑바로 쳐다보았다.

"……이노리, 눈 감아봐."

내가 그런 말을 꺼낼 줄은 몰랐으리라. 조금 당황한 듯 이노리의 시선이 흔들렸다.

"늘 나만 눈을 감아서 약 올랐었어."

그렇게 말하고 살짝 웃자 이노리는 불안한 기색을 보이면서도 단념한 듯 머뭇머뭇 눈을 감았다. 긴 속눈썹이 그림자를 드리웠고, 입술은 여전히 희미하게 떨렸다.

나는 잠시 그 얼굴을 바라보았다. 느닷없이 내 눈앞에서 사라진 이노리가 지금 이렇게 옆에 있는 게 꿈은 아닐까 싶은 기분이 들었다. 그래서 현실을 확인하기 위해 나는 천천히 이노리의 어깨를 끌어안았다. 나는 깜짝 놀라 눈을 뜬 이노리를 더 세게 끌어안고 조용히 속삭였다.

"……계속 이노리 곁에 있을게. 난 눈을 감은 사이에 없어지지 않아."

"하지만……."

"이노리가 돌아오기를 기다릴게. 거부하고 싶어도 찰싹 달라붙어서 예전의 너처럼 끈기 있게 기다릴 거야. 그래도 네 죄가 사라지지 않는다면, 나도 함께 짊어질게. 그러니까

한 번 더, 함께 이 세상을 살아가자."

그리고 다른 사람들의 마음을 전했다.

"이건 나, 아마미야, 다쓰미 선배를 비롯해 너를 사랑하는 모든 사람이 전하는 말이야. 오늘까지 살아 있어줘서 고마워."

그 순간 이노리는 내 품 안에서 소리 내어 울음을 터뜨렸다. 그러곤 목이 메여 띄엄띄엄 끊어지는 목소리로 말했다.

"……그 후로 나, 몇 번이나 죽으려고 했어. 하지만 그때마다 구온이 전에 해준 말이 떠오르더라. 내가 학교 옥상에서 장난친 날, 이제 다시는 소중한 사람이 죽는 모습을 보고 싶지 않다고 했잖아. 이런 나를 소중한 사람이라고 불러줬어. 이런 범죄를 저질러놓고 참 뻔뻔하지만…… 구온의 우주에서 계속 살아가고 싶었어."

그리고 이노리는 울어서 떨리는 목소리로 물었다.

"……나 정말 살아도 되는 걸까."

슈뢰딩거의 고양이처럼 내 앞에서 사라진 그날을 떠올리면 지금도 가슴이 쥐어뜯기는 것처럼 아프다. 나는 더 견디지 못하고 목소리를 높였다.

"당연하지. 누가 반대해도 내가 허락할게."

"진짜……? 절대로 용서받을 수 없는 짓을 저질렀는데?"

"용서는 받지 못할지도 몰라. 그러니까 살아가야 하는 거야. 다시는 그런 짓을 하지 않겠다는 맹세 아래 죄를 짊어진 채 죽을 때까지 죗값을 치르는 거지. ……하지만 가시밭길을 너 혼자 걷게 하지는 않겠어. 나도 옆에서 같이 걸을 거야. 목숨이 다해서 죽을 때까지 둘이 힘을 합쳐 살아가자. ……앞으로는 영원히 함께야."

이노리가 흐느껴 울며 나를 끌어안았을 때 조금 안심했다. 내 마음이 제대로 전해진 걸 알았기 때문이었다. 진심으로 이노리가 사랑스러웠다.

서로 헤어져 있던 동안 부풀어 오른 이노리를 향한 내 마음조차 막 탄생한 우주임을 깨달았다. 앞으로 이 마음은 지금의 한계를 넘어서 더욱 팽창할 테고, 내 몸을 흐르는 피도 온몸의 세포도 전부 이노리를 위해 바칠 수 있으리라.

그게 내가 바라는 바다.

이노리를 초침으로 삼아 다시 흘러가기 시작한 시간이니만큼 오롯이 이노리를 위해 쓰고 싶었다. 그게 내 인생을 살면서 가장 중요한 일이니까. 어쩌면 인류 원리처럼 편의적으로 내 입맛에 맞는 세계를 선택하는 것뿐인지도 모른다. 그래도 절대로 후회하지 않는다.

단 하나, 이노리가 곁에 있어주는 미래가 내 손안에 존재한다면.


시도 선생님에게 연락해서 일단 이노리를 데려가기로 했다. 지금의 이노리에게는 그게 제일 안전하다고 판단됐다.

얼마 후 우리 앞에 빨간색 미니밴이 도착했다.

"이 코트는 아키쓰 선배 거야. 멋대로 입고 나왔으니 자수하기 전에 돌려줘야지. 어머님께 지금까지 고마웠다고 인사도 하고 싶고." 눈이 빨갛게 부은 이노리가 그렇게 말하고 일어섰다. 그러곤 나를 보고 입꼬리를 살짝 끌어올리며 말했다. "구온, 고마워."

뭘 고마워하는 건지 몰라서 나는 고개를 갸웃했다.

그러자 이노리는 머뭇머뭇하면서도 내 눈을 똑바로 보고 말했다. "……기다려줄 거야?"

불안한 듯 굳은 목소리로 묻는 이노리를 보고 나는 힘 있게 고개를 끄덕였다.

"물론이지. 네가 돌아올 때까지 몇 년이든, 몇 십 년이든 기다릴게."

내 대답에 이노리는 또 울 것처럼 눈썹을 찡그리더니 내 손을 한 번 꼭 잡았다. 뭔가 느껴져서 손을 펼치자 이노리가 좋아하는 사과맛 사탕이 놓여 있었다.

나는 고개를 들어 이노리를 바라보았다.

"지금은 이것밖에 없어서…… 나라고 생각하고 가지고 있어." 이노리는 조금 쑥스러워하면서도 또렷한 목소리로 속삭였다. "……정말 좋아해, 구온. 너를 만나 사랑할 수 있어서 참 다행이야."

"나도 정말 좋아해, 이노리. 앞으로도 계속 그럴 거고."

그 말에 이노리가 미소로 답했을 때, 나는 티끌 한 점 없는 행복을 맛보았다. 이노리를 잃는다는 공포와 불안감이 썰물 빠지듯 싹 사라지는 기분이었다.

이제 안심이다.

내 곁을 떠나 차로 돌아가는 이노리에게 손을 흔들 때도, 다시는 못 만날지도 모른다는 불안감은 전혀 없었다.


……며칠 후 **이노리가 죽었다**는 사실을 알았다. 아무 생각 없이 보고 있던 아침 방송에 그 소식이 속보로 나왔다.

이노리는 경찰에 자수하기 전, 사과하기 위해 아마미야네 집을 찾아갔다. 거기서 이노리는 아마미야의 어머니에게 살해당했다. 사인은 식칼에 복부를 찔려서 발생한 과다출혈. 그리고 그 광경을 목격한 아마미야는 학교 옥상에서 뛰어내려 자살을 꾀했다. 하지만 다행히도 목숨은 건졌다.

아마미야의 어머니는 그 후 남편 손에 이끌려 자수했다.

이 사건을 다루느라 한동안 뉴스 프로그램이 시끌벅적했다.

# 영원한 완전범죄

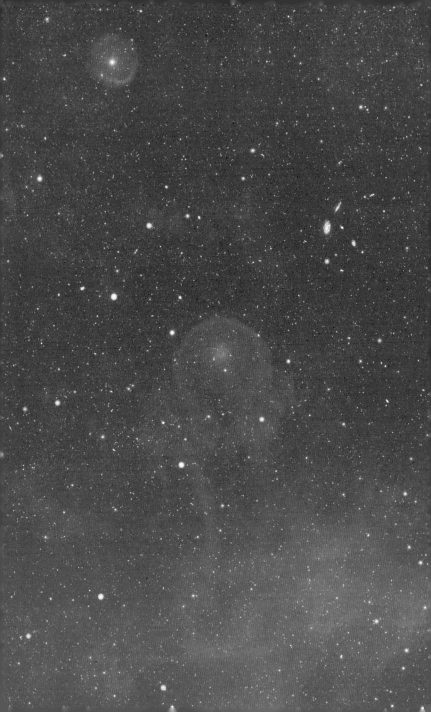

이노리의 시신은 검시와 부검을 거친 후 가족에게 돌아왔다. 아마미야의 형을 살해한 사건은 피의자 사망으로 불송치될 전망이다.

장례식은 열지 않고 조용히 화장할 예정이라는 걸 시도 선생님께 전해 들었다. 시도 선생님의 간곡한 요청으로 이노리와 친밀한 사이였던 나와 다쓰미 선배가 화장장에 동행하기로 했다. 아마미야는 입원 중이라 참석할 수 없었다.

교복을 입고 화장장으로 가는 동안에도 나는 현실을 받아들이지 못했다. 나뿐만이 아니다. 다쓰미 선배와 시도 선생님도 화장장에 도착할 때까지 말 한마디 없이 그저 망연자실한 표정을 짓고 있었다.

이노리는 이제 슈뢰딩거의 고양이가 아니다.

이노리가 죽었다는 현실은 너무나 무거웠다. 아키쓰 요시야의 죽음에서 시작된 일이 이런 결말을 맞이할 줄은 아무도 상상하지 못했으리라.

인터넷에서는 동정과 비난의 목소리가 빗발쳤다. 눈에는 눈, 이에는 이라는 말을 방불케 하는 결말에 자업자득이라는 의견이 힘을 얻는 한편으로, 유히가 생전에 저질렀던 악행을 보건대 죽음으로 심판하는 건 너무했다는 의견도 있었다. 사실 법정에서 판결을 받았다면 이노리는 죽지 않았다. 하지만 자식이 있는 부모들은 아마미야의 어머니를 동정할 여지가 있다고 주장했다.

내가 바랐던 단 하나의 미래는 너무 내 위주였던 걸까. 죄를 저지른 이노리와 함께 세상의 한구석에서 조용히 살아가고 싶다는 건 너무 이기적인 바람이었을까.

화장을 시작하기 직전에 이노리의 관이 안치된 방으로 가자 여자 두 명이 앉아 있었다. 한 명은 멍하니 벽을 바라보고 있었고, 다른 한 명은 교복 차림으로 관에 매달려 울고 있었다. 이노리의 새어머니와 여동생임을 바로 알았다.

화장장에 온 사람은 이노리의 가족과 우리 세 명뿐이었다. 세간의 이목을 고려하면 어쩔 수 없는 일인지도 모르지만, 천진난만했던 이노리의 마지막이 이렇게나 쓸쓸하다니,

너무나 애석했다.

　방 한복판에 놓인 무미건조한 관 속에 이노리가 잠들어 있다. 하지만 관을 들여다보고 확인할 수가 없었다. 나는 이 마당에 와서도 관 속의 이노리를 슈뢰딩거의 고양이로 놔두고자 했다. 내가 관측하면 이노리의 죽음이 확정된다. 마지막 발버둥일지라도, 관측할 때까지 내 마음속에서 이노리의 죽음은 확정되지 않는다. 그렇게 억지로 핑계를 대며 현실을 직면하길 피했다.

　이노리가 내 우주에서 살아가기를 바랐다. 그러므로 나는 마지막까지 관 속에 있는 이노리의 얼굴을 들여다보지 않으리라.

　더는 견디지 못하고 방을 뛰쳐나와, 아무도 없는 휴게실의 자판기 앞 긴 의자에 몸을 맡겼다.

　불빛이 켜졌다 꺼졌다 하는 자판기를 멍하니 바라보며 이노리와 함께 불꽃놀이를 보러 갔을 때를 떠올렸다.

　그 여름이 영원히 끝나지 않았으면 좋았을 텐데. 그 여름이 영원히 계속됐다면, 지금쯤 이노리가 사과맛 사탕을 먹으며 내 손을 꼭 잡아줄 텐데.

　문득 생각이 나서 코트 호주머니에 넣어둔 물건을 꺼냈다.

　마지막으로 만났을 때, 이노리가 자기라고 생각하며 간직하라던 사과맛 사탕이었다. 이제 이노리의 유품이라고 할 만한 물건은 이것뿐이었다. 막대가 달린 사과 모양 사탕에 스마일 마크가 인쇄된 포장지. 손안에서 환히 웃는 스마일 마크를 보고 있자니 눈물을 주체할 수가 없었다.

나는 양손에 얼굴을 묻고 소리 죽여 울었다.

마지막 발버둥으로 이노리의 죽음을 관측하지 않더라도, 이노리가 없다는 현실을 뒤집을 수는 없다. 이노리의 유품인 사탕과, 화장장의 침울한 분위기, 그리고 이노리가 관에 누워 있는 광경이 사방팔방에서 나를 눈앞의 현실로 밀어붙인다.

"미쓰야 구온 씨인가요?"

그때 갑자기 뒤에서 목소리가 들려서 돌아보자 아까 관에 매달려 울던 교복 차림의 여학생이 서 있었다.

"저는 간다 이노리의 여동생인 노조미라고 해요."

노조미는 울어서 빨갛게 부은 눈으로 코에 손수건을 댄 채 고개를 꾸벅 숙였다. 당황스러웠지만 나도 허둥지둥 소매로 눈물을 닦고 머리를 숙였다.

옆에 앉아도 되겠느냐고 하길래 옆으로 조금 물러나자 노조미는 조심스레 앉았다. 동글동글하니 아직 어린 티가 남은 옆얼굴은 이노리와 별로 닮지 않았다.

"아까 분향이 끝나고 화장로에 들어갔어요."

노조미는 그렇게 중얼거린 후로 아무 말도 없이 구슬픈 표정으로 그저 내 옆에 앉아 있었다.

마주 잡았던 손도, 마주 보았던 눈도, 끌어안았던 가녀린 몸도 곧 뼈만 남기고 전부 불탄다. 나는 눈을 꼭 감고 생각을 멈췄다. 더 이상 생각하면 노조미 앞에서까지 한심한 모습을 보일 것 같아서 억지로 굳센 척 "뭐 마실래?" 하고 지갑을 꺼내며 노조미에게 말을 걸었다.

그제야 노조미가 입을 열었다. "언니 남자친구죠?"

설마 이노리의 동생이 나에 대해 알고 있을 줄은 몰랐기 때문에, 놀라서 고개를 끄덕였다. 그러자 노조미는 얼굴을 찡그리고 다시 흐르는 눈물을 손수건으로 닦았다.

갑자기 동생이 생겼지만 정말 기뻤다던 이노리의 말이 떠올랐다. 이런 형태로 가족을 잃은 노조미는 나처럼, 어쩌면 나보다 더 슬플지도 모른다. 그렇게 생각하자 묘하게 친근감이 느껴졌다.

자판기에서 따뜻한 차를 뽑아 노조미에게 건넸다. 노조미는 고맙습니다, 하고 나지막이 인사하며 차를 받았다. 하지만 노조미는 차를 마시지 않고 양손으로 감싼 채 뭔가 골똘히 생각하는 표정으로 고개를 숙였다. 나는 재촉하지 않고 노조미가 뭔가 말하기를 묵묵히 기다렸다.

이노리를 잃은 지금, 내게 남은 인생은 쓰레기로 변해가는 참이었으니 상관없었다. 이대로 1년이든 100년이든 기다릴 수 있을 것 같았다.

잠시 후, 노조미가 가냘프게 떨리는 목소리로 입을 열었다. "……저, 미쓰야 씨께 꼭 알려야 할 일이 있어서요."

이노리의 여동생인 노조미가 내게 알려야 할 일, 상상해보았지만 전혀 짐작이 가지 않았다. 오늘 처음 만나서 생판 남이나 다름없는 내게 대체 뭘 알려야 한다는 걸까.

"나한테 알려야 할 일이라니?"

노조미는 또 말을 머뭇거렸지만 뭔가 결심한 표정으로 나를 똑바로 쳐다보고 말했다. "언니가 일으킨 사건…… 진짜 범인은 언니가 아니에요."

한순간 노조미가 뭐라고 했는지 알아듣지 못했다.

머릿속에서 게슈탈트 붕괴(특정한 말에 과도하게 몰입할 때, 그 말의 정의나 개념을 잊어버리거나 말 자체에 이질감을 느끼는 현상을 가리키는 일본의 신조어-옮긴이)가 일어나서 무슨 말인지 잘 이해할 수 없었다.

나도 모르게 물었다. "그게 무슨 소리야?"

"……그 사람을 찌른 건 저예요." 노조미가 입술을 깨물며 떨리는 목소리를 짜냈다.

한 번 더 들어도 역시 무슨 말인지 이해가 되지 않았다. 유히를 찔러 죽인 건 이노리다. 이노리 본인이 인정했으니 틀림없다.

"잠깐만, 이해가 안 되는데."

"언니가 말하지 말라고 했지만, 설마…… 이런 일이 벌어질 줄이야."

노조미는 울음을 참지 못하고 얼굴에 손수건을 갖다 댔다.

나는 혼란스러운 상황에서도 열심히 노조미의 속마음을 추측해 한 가지 가능성을 이끌어냈다. 만에 하나 그게 사실이라면 나는 지금까지 엄청난 오해를 했던 셈이다. 설마 싶으면서도 조심스레 노조미에게 확인했다.

"……설마 이노리가 널 감쌌다는 거야?"

노조미는 울면서 고개를 연신 끄덕였다. 그 모습을 본 순간 눈앞이 새하얘졌다.

……이노리는 사람을 죽이지 않았다.

이노리가 동생의 죄를 뒤집어썼을 뿐이라는 게 사실이라면, 이노리는 대체 왜 그랬단 말인가. 상상하지도 못했던 최악의 사태가 단숨에 날 집어삼켜서 온몸이 덜덜 떨렸다. 더는 듣기가 무서웠다. 들었다가는 너무나 불합리한 현실에 정신이 나갈 것만 같았다. 하지만 방금 들은 이야기를 잊어버리릴 수는 없으리라.

왜 노조미가 초면인 내게 이렇듯 중대한 이야기를 했는지는 모르겠지만, 뭔가 의미가 있다는 건 알겠다. 아니라면 이고백은 너무나 무의미하다.

마음의 준비가 됐느냐고 하면, 아니다.

하지만 들어야 한다. 그게 내 '운명'임을 직감했으니까.

"……자세히 알려줘. 이노리가 널 감싼 경위를."

노조미는 이노리가 저질렀다고 여겨졌던 그 사건의 **마지막 진실**을 차분히 설명하기 시작했다.


사건 당일, 이노리보다 먼저 집에 온 노조미는 고양이를 돌보며 혼자 시간을 보냈다. 어머니는 야간 근무라 다음 날 아침에 돌아올 예정이었다.

밤에 야간 관측을 하러 갔던 이노리에게 열쇠가 없다고 전화가 왔다. 열쇠를 집에 두고 왔을지도 모른다는 이야기였다. 관현악부 연습 때문에 다음 날 아침 일찍 일어나야 했던 노조미가 빨리 자야 한다고 하자, 이노리는 야간 관측에 불참하고 집에 가겠다고 대답했다.

전화를 끊고 얼마나 지났을까, 초인종이 울렸다.

이노리인가 싶어 노조미가 현관으로 나가자 처음 보는 젊은 남자가 서 있었다. 바로 유히였다. 유히는 이노리와 같이 아르바이트를 하는 사람이라고 자기를 소개한 후, 이노리가 편의점에 두고 간 열쇠를 가져다주러 왔다고 말했다. 유히가 들고 있던 건 분명 이노리의 열쇠였다.

이노리에게 남자친구가 있다고 들었던 노조미는 친절하게 집까지 열쇠를 가져온 유히를 보고, 언니의 남자친구인 줄 알았다고 한다. 상냥한 말투와 태도, 그리고 착하게 생긴 얼굴을 신뢰한 노조미는 곧 언니도 올 거라면서 유히를 집에 들여놓았다. 노조미가 유히에게 대접할 차를 준비하며 이노리에게 연락하자 이노리는 당황한 목소리로 말했다고 한다.

"그 사람은 고양이 집단살해 사건의 범인이니까 집에 들여놓으면 안 된다고 했어요. 그 말을 듣고 얼마나 무서웠는지 몰라요. 하지만 벌써 들어와 있으니 어째야 할지 몰랐죠. 그러자 언니가 혹시 모르니까 엄마의 수면유도제를 차에 타서 재우라고 했어요. 집에 가서 자기가 어떻게든 하겠다면서요."

노조미는 떨리는 목소리로 당시 있었던 일을 세세하게 설명해주었다.

노조미는 이노리가 시킨 대로 들키지 않도록 어머니의 수면유도제를 잘게 부숴 차에 녹인 후, 유히에게 가지고 갔다. 유히는 아무 의심도 없이 차를 마셨다.

하지만 수면유도제의 효과는 좀처럼 나타나지 않았다. 그리고 잠시 후 이노리가 집에 왔다. 노조미는 이노리가 시키는 대로 2층에 올라갔지만, 역시 걱정이 되는지라 몰래 내려와 옆방에서 숨을 죽인 채 상황을 지켜보았다. 그러고 나서 시도 선생님이 사건 직후에 이노리에게 들었던 일이 일어났다.

유히를 용서할 수 없었다고 했던 이노리.

하지만 중요한 부분이 달랐다.

선생님에게 들은 바로는 유히를 죽이기로 마음먹은 이노리가 수면유도제의 효과로 잠든 유히에게 염화칼륨 용액을 투여했지만, 통증 때문에 깨어난 유히와 몸싸움을 벌이다 결국 칼로 찔러 죽였다고 했다. 하지만 노조미의 이야기에 따르면 이노리는 아키쓰 요시야의 가족에게 사과하라고 유히에게 요구했다고 한다. 유히는 당연히 거절했다.

—등신이 자기 멋대로 죽은 거잖아. 내가 왜 사과해야 하는데? 그런 약해빠진 놈은 원래 살 가치가 없어.

유히가 매정하게 말하자 이노리는 분노에 떨면서 되받아쳤다.

—아키쓰 선배는 약하지 않아. 누구보다도 강하고 착하니까 목숨을 걸고 약한 동물을 지킨 거야. 아사히도 당신보다 훨씬 강해. 약한 동물만 괴롭히는 당신 같은 쓰레기보다 훨씬 살 가치가 있어. 그에 비해 당신은 뭐야? 겉으로만 착한 척하면서 사람에게는 손가락 하나 까딱 못 하는 나약한 겁쟁이잖아.

그 말을 듣고 유히의 안색이 변했다. 뒤틀린 자존심에 생채기가 난 것이리라.

발끈한 유히는 괴성을 지르며 이노리를 넘어뜨리고 몸에 올라탔다. 그러곤 두 손으로 힘껏 이노리의 목을 졸랐다. 그때 유히는 잠꼬대하듯 "죽여버리겠어"라는 말을 계속 반복했다고 한다.

이노리도 안간힘을 쓰며 저항했지만 몸 위에 올라타서 목을 조르는 남자를 밀어낼 만한 힘은 없었다. 그 광경을 목격한 노조미는 그냥 놔두면 이노리가 죽겠다는 생각에 부엌에서 식칼을 가지고 왔다. 그리고 언니 위로 몸을 숙인 유히에게 다가가 등을 푹 찔렀다. 언니를 지키기 위해 순간적으로 벌인 일이었다.

이노리는 등을 찔려 쓰러진 유히와 식칼을 움켜쥔 채 우두커니 서 있는 노조미를 보고 최악의 사태가 일어났음을 깨달았다. 그러자 이노리는 당뇨병을 앓는 고양이에게 사용하던 주사기를 가져와서 아마미야에게 받아놓았던 염화칼륨 용액을 유히에게 투여했다. 그리고 유히의 시체를 집에 있던 골판지 상자에 넣었다.

나는 그 말을 듣고 확신했다. 그때 이노리가 **그 살인을 계획적 살인으로 위장하기 위한 완전범죄**를 기획했다는 걸.

골판지 상자에 넣은 것도 고양이 집단살해 사건과 관련 있음을 암시하기 위해서였다. 이유는 물론 동생 노조미를 지키기 위해서다. 이노리는 그런 급박한 상황에서도 자기 미래보다 사랑하는 동생을 우선했다.

드디어 진실을 알고 나는 먹먹한 기분으로 물었다.

"……그때 이노리가 너한테 뭐라고 했어?"

"……유메를 잘 부탁한다고요." 노조미는 가느다란 목소리를 쥐어 짜내며 대답했다.

"유메?"

"집에서 기르는 고양이예요. 제가 초등학생 때 주워왔죠. 고양이를 싫어하는 엄마한테 언니가 몇 번이고 부탁해서 겨우 허락을 받았어요. 그렇게 기르기 시작했지만, 언니는 막상 고양이 알레르기라서 만지거나 돌보지 못했죠."

"뭐? 이노리가 고양이 알레르기였어?"

노조미는 조용히 고개를 끄덕였다.

돌이켜보면 이노리가 고양이를 쓰다듬는 모습은 본 적이 없다. 길고양이를 보면 반색하며 말을 걸었고, 아마미야의 고양이를 맡길 곳도 적극적으로 찾아다녔기에 설마 알레르기가 있을 줄은 짐작도 못 했다.

"제가 없어지면 아무도 돌봐줄 사람이 없으니까 끝까지 책임지고 돌보라고 했어요. 제가 돌보기로 약속했으니까 유메를 받아들인 거라면서요."

분명 이번 사건이 동생에게 트라우마로 남지 않도록 배려해서 한 말일 것이다.

그리고 이노리는 자기가 어떻게든 할 테니까 사건의 진상을 비밀로 하라고 노조미에게 신신당부했다. 노조미는 너무나 큰 범죄를 저질렀음에 겁을 먹고 오늘까지 아무에게도 진상을 밝히지 못했다고 했다.

"뉴스에서 언니를 범인 취급하는 걸 보고 자수할 생각도 많이 했어요. 하지만 역시 겁이 나더라고요. 내내 숨기고 지냈지만…… 역시 그러면 안 되잖아요. 이미 늦었지만 자수해서 떳떳해지려고요." 노조미는 아직 다 자라지 못한 작은 몸을 덜덜 떨면서 말했다.

"왜 나한테 진상을 말해준 거야……?"

"……언니는 죽은 날 아침에 집에 들렀던 것 같아요." 노조미는 편지 한 통을 내게 내밀며 말했다. "제게 보내는 편지와 함께 우편함에 들어 있었어요. ……미쓰야 씨께 보낸 편지예요."

편지 봉투를 보고 나는 할 말을 잃었다.

'0.00000000000000000000000000000000000000000006퍼센트의 확률을 뚫고 만난 내 운명적인 사람, 미쓰야 구온에게'라는 글 옆에 찍힌 스탬프를 보고 어떤 사실을 알아차렸기 때문이었다. 그 스탬프는 나와 시도 선생님의 교환 노트에 매일 찍혀 있던 고양이 스탬프였다. 그리고 이 확률은 내가 교환 노트에 적은 것이다.

이노리는 내 교환 노트를 계속 읽고 있었다. 우리는 눈에 보이지 않는 곳에서 이어져 있었던 것이다.

아직 편지를 읽지 않았는데도 날 그리워한 이노리의 마음이 절절히 전해졌다. 비통한 감정도 함께 밀려와서 가슴이 찢어질 것 같았다.

노조미가 보고 있는데도, 결국 참지 못한 눈물이 봉투에 떨어져 이노리의 글씨가 번졌다.

내가 슬퍼서 아무리 몸부림쳐도 이노리는 돌아오지 않는다. 이노리의 죽음으로 마음이 병들어 지금 내가 스스로 목숨을 끊더라도 이 현실은 바뀌지 않는다.

이노리가 죽었다는 소식을 듣고 솔직히 나는 앞으로 살아갈 자신이 없어졌다. 살아갈 의미를 찾을 수 없었다. 하지만 이노리는 어땠나. 죽음을 선택하려다가 나를 위해 삶의 길을 선택했다. 그리고 평생 죄를 짊어진 채 나와 함께 살기로 결심했다.

이노리는 마지막까지 꿋꿋이 살아가려는 의지를 내게 보여주었다. 그런데 내가 지금 여기서 죽음을 선택하면 이노리는 어떻게 생각할까. 만약 반대 상황이었다면 나는 어떻게 생각할까.

대답은 너무나 분명했다.

나는 편지를 펼쳐보지 않고 손에 쥔 채, 불안한 표정으로 고개를 숙인 노조미에게 말했다.

"……지금 들은 이야기는 전부, 우리 둘만의 비밀로 하자."

"네?" 노조미가 놀란 듯 고개를 들었다.

"네가 취한 행동은 이노리를 지키기 위한 정당방위였어. 그런 상황에서는 다들 분명 너처럼 했을 거야."

"하지만 이대로 계속 거짓말을 하다니……."

"네가 진실을 밝혀봤자 아무도 보답받지 못해. 널 위해 죄를 뒤집어쓴 이노리도, 아들을 잃은 원한을 갚고자 이노리를 찌른 유희의 어머니도. 진실을 밝혀서 편해지는 건 너뿐이야."

표정이 어두워진 노조미가 "그럼 어떻게 하면……" 하고 기어드는 목소리로 중얼거렸다.

"이노리와 한 약속을 지켜. 그리고 이노리의 몫까지 행복하게 살아. 그게 목숨을 걸고 널 지켜준 사람에게 보답하는 길이야. 널 위해서라면 나도 얼마든지 협조할게. 네가 짊어진 십자가도 내가 함께 짊어질게."

노조미는 고개를 세차게 내저으며 그렇게는 못 한다고 벋댔다. 하지만 나는 한 발짝도 물러설 생각이 없었다.

"난 진실을 알고도 네게 잠자코 있으라고 강요했어. 이것도 엄연한 범죄야. 네가 체포되면 나도 체포돼." 도망갈 길이 막혀 난감한 듯 눈썹을 찌푸리는 노조미에게 연거푸 말했다. "넌 내게 도움을 받은 게 아니야. 둘 다 죄인, 우리는 오늘부터 공범이 된 거라고."

노조미는 깜짝 놀란 얼굴로 나를 보더니, 세상이 끝난 것 같은 슬픔을 이기지 못하고 또 눈물을 흘렸다. 나는 노조미의 등을 가만히 쓸어주면서 눈을 감았다.

눈꺼풀 안쪽에 교복 차림의 이노리가 서 있었다.

뒷일은 맡긴다고 하는 것처럼 보이기도 했고, 미안하다며 서글프게 미소 짓고 있는 것처럼 보이기도 했다. 이건 내 상상이다. 하지만 역시 이노리가 틀림없었다.

이 세상은 눈에 보이지 않는 것으로 가득하다.

마음과 사랑, 기억과 의지, 기쁨과 슬픔, 그리고 다정함, 전부 실체는 없지만 분명 이 세상에 존재한다. 슈뢰딩거의 고양이의 생사도, 이노리가 보낸 이 편지의 내용도 그렇다.

인간은 눈에 보이는 것만 추구하는 생물이다. 하지만 눈에 보이지 않아도 분명 존재하는 것, 남아 있는 것이 있다. 과거도 기억도, 먼 옛날에 사라진 게 아니다.

다시는 돌아오지 않을 이노리도 지금 분명 내 가슴속에 있다. 그저 허울 좋은 말이 아니다. 확실히 있다. 단지 내 눈에 비치지 않을 뿐, 이노리가 내게 준 우주는 앞으로도 이노리와 함께 펼쳐져 나갈 것이다.

나는 무릎 위에 얹어둔 편지를 읽지 않고 호주머니에 넣었다. 읽지 않아도 안다. 그렇게 말하면 이노리는 기껏 썼는데, 하고 뾰로통해질지도 모르지만 가장 중요한 건 편지 내용이 아니다. 이노리가 내게 편지를 쓰기 위해 들인 시간, 그게 제일 가치 있다.

이 우주는 유한하다. 살아 있는 시간도 무한하지는 않다.

그러니 이 제한된 시간을 함께한 존재를 나는 잊지 않

겠다.

 ……그래도 언젠가 너무 외로워서 이노리의 온기가 그리워지면, 그때는 이 편지에 기댈지도 모르겠지만.

 "얘들아, 잠깐 이리 와보렴."

 그 목소리에 돌아보자 우리를 찾으러 온 시도 선생님과 다쓰미 선배가 눈에 들어왔다. 우리 모습을 보고 뭘 알아차렸는지는 모르겠지만, 시도 선생님이 이쪽에 대고 손짓했다.

 나와 노조미는 얼굴을 마주 본 후, 무거운 분위기를 유지한 채 선생님을 따라갔다.

 선생님은 우리를 화장장 건물 뒤편으로 데려갔다. 살풍경한 그곳에 딱 한 그루뿐인 올벚나무에는 연분홍빛 꽃봉오리가 맺혀 있었다.

 "옛날에는 화장장에 길쭉한 굴뚝이 있었단다. 사람들은 굴뚝에서 피어오르는 연기를 보며 고인이 하늘로 올라갔다고 여겼지." 선생님은 공교롭게도 찌뿌드드하게 흐린 하늘을 바라보며 말했다.

 선생님 말처럼 옛날에 만들어진 화장장에는 높은 굴뚝이 있었다. 하지만 냄새와 분진 등의 문제로 굴뚝이 차례차례 철거되어 어느덧 자취를 감추었다.

"저길 보렴." 시도 선생님이 건물 뒤편에 설치된 배기구를 가리키며 말했다. "이제는 냄새도 색깔도 없어지고 연기도 거의 나지 않지만, 공기가 조금 흔들리는 게 보이지?"

시선을 모아 자세히 보자 확실히 배기구 옆의 공기가 어렴풋이 흔들리고 있었다. 시도 선생님은 마치 이번이 이노리도 포함한 우주부의 마지막 수업이라는 듯 이야기를 시작했다.

"우리 몸을 구성하는 원자의 중심에는 원자핵이 있고, 원자핵은 양자와 중성자로 이루어져 있지. 그리고 그걸 더 분해하면 소립자라는, 더 이상 분해할 수 없는 작은 물질이 된다고 전에 이야기했을 거야. 그 소립자를 업쿼크니 다운쿼크 따위의 명칭으로 부르기도 하는데, 우주가 시작된 직후부터 그 수는 불변이야. 이 쿼크는 단독으로 존재할 수 없고 항상 양자나 중성자로 형태를 유지하지만, 현재 쿼크의 수 자체는 불멸, 그리고 불로불사라고 할 수 있어."

선생님은 그렇게 딱 잘라 말하고 우리 얼굴을 각각 바라보았다.

"즉, 내가 하고 싶은 말이 뭐냐 하면, 이노리는 결코 죽지 않았다는 거야."

다쓰미 선배와 노조미가 약간 당황스러운 표정으로 선생님을 쳐다보았지만, 선생님은 아랑곳없이 말을 이었다.

"우리 몸은 이 형태를 영원히 유지할 수 없어. 앞으로 의료 기술이 발전하지 않는 한, 길어도 100년쯤 지나면 누구나 예외 없이 썩어버리겠지. 하지만 우리를 구성하는 근본적인 물질은 영원히 존재해. 지금 우리의 몸을 구성하고 있는 소립자는 몇 백 년, 몇 천 년 전에 뉴턴이나 아리스토텔레스의 몸을 구성했을지도 모르고, 아름다운 벚나무였을지도 몰라. 더 거슬러 올라가면 다른 행성의 일부였거나 초신성 폭발로 우주에 흩어진 별의 조각이었을 때도 있었겠지. 그렇게 형태는 바뀔지언정 우리는 우주가 시작된 직후부터 오늘까지 쭉 살아왔던 거야." 그리고 시도 선생님은 흔들리는 이노리를 바라보며 중얼거리듯이 덧붙였다. "물론 지금 저렇게 기체가 되어 땅에 흩어진 이노리도 일부는 저 올벚나무에 흡수되고, 일부는 너희 몸에 흡수되고, 일부는 바닷바람을 타고 한없이 멀리 날아갈지도 몰라. 전부 살아 있는 상태로."

그 말을 듣자 마음에 구원이 찾아오는 기분이었다. 이노리는 살아 있다는 내 생각이 과학적으로 증명된 것 같아서였다.

"제행무상이라는 말이 있지. 이 우주는 늘 형태가 변해. 그러니 아무것도 두려워할 것 없단다."

선생님은 슬픔 속에서 희미한 희망을 보여주며 내 어깨를 탁 두드렸다.

그때 갑자기 비가 똑똑 떨어져 내렸다. 마치 여행을 떠나는 이노리를 말리려 하는 붙잡이 비처럼.


이노리와 만난 그날부터 내 세상은 달라졌다.

그때는 이런 날이 올 줄 상상도 못 했다.

이노리와 우주 이야기를 좀 더 하고 싶었다.

이노리가 살아온 세상을 좀 더 알고 싶었다.

이노리의 웃는 얼굴을 좀 더 보고 싶었다.

이노리와 좀 더 함께 지내고, 언젠가 그 입술에 입을 맞춰 보고 싶었다.

좀 더, 좀 더 하고 바라자면 끝도 없다.

곁에 있을 수 있는 시간이 유한하다는 것도, 내가 나로서 형태를 유지할 수 있는 시간이 유한하다는 것도 사실이다. 이노리가 앞으로도 영원히 삶을 이어 나간다니 다행이지만, 이제 그 손을 잡을 수도, 서로 바라볼 수도 없는 현실이 변하는 건 아니다.

벗어날 수 없는 그 현실의 틈새에서 나는 무심코 입을 열었다. "……그래도 생각나서 외로우면요?"

그러자 선생님은 입을 다물고 잠시 생각하다가 말을 꺼냈다. "생각난다고 꼭 외롭게 여길 건 아니야. 생각은 지금도 함께 살아가고 있다는 사실을 재확인하는 과정이지. 요즘 난 그렇게 받아들이고 있단다."

기억 속에서 반복되는 우리의 더없이 소중한 추억은 전부 이노리가 내게 남겨준 그녀의 일부다. 이노리가 내게 내어준 시간, 내게 해준 말, 함께 만든 추억, 하마터면 그 선물을 아픔이나 슬픔으로 받아들일 뻔했음을 깨달았다.

보는 시각에 따라서 과거가 지금으로, 지금이 미래로 보이듯이 이 세상에 사라진 건 하나도 없다.

······이제 두려울 게 전혀 없었다.


뼛가루는 생전에 이노리가 동생에게 바랐던 대로 바다에 뿌렸다. 확실히 이노리는 무덤 속에 가만히 있을 성격이 아니니까, 이게 어울린다.

자살을 꾀해 입원했던 아마미야는 나중에 무사히 퇴원해 우리와 함께 살아가는 길을 택했다.

사람은 혼자 살아갈 수 없다. 우리는 이노리가 이어준 이 인연을 소중히 간직한 채 앞으로도 서로 도우며 살아가기로 했다.

이노리가 숨을 거두기 전에 "난 안 죽으니까 안심하라고 구온한테 전해줘"라고 말했다고 아마미야가 알려주었다. 그 말을 듣자 이노리와 나만의 새로운 비밀 장소를 얻은 듯한 기분이었다.

　―구온, 눈 감아봐.

　머릿속에 되살아난 이노리의 목소리를 듣고 나는 조용히 눈을 감았다. 앞으로는 이렇게 눈을 감고 이노리를 찾으면 된다. 언제 어디서나 눈꺼풀 안쪽의 그녀를 만나러 가면 된다.

　그렇게 우리는 앞으로도 함께 이 세상을 살아갈 것이다. 영원히…….


　그리고 언젠가 내 몸의 수명이 다했을 때 또 생각나겠지.

　운명적인 사람이란 죽을 때 마지막으로 생각나는 사람이라던 네가.

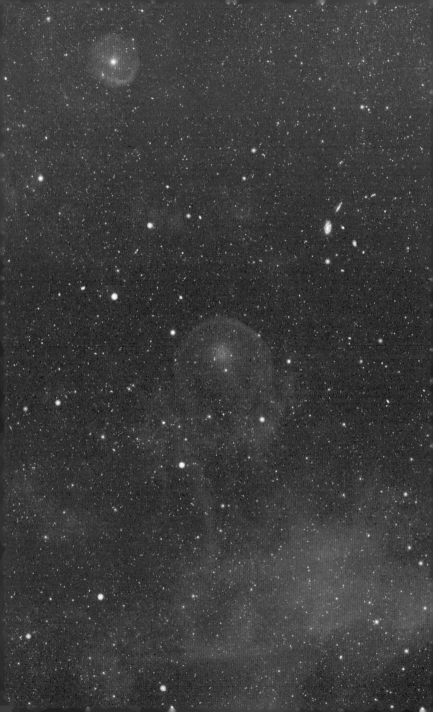

# 작가의 말

## 로맨틱한 양자역학의 세계

전작 『오늘 밤 F시, 두 명의 네가 있는 역으로(今夜F時、二人 の君がいる駅へ。)』를 쓸 때부터 도움을 주시고 계신 마쓰바라 다카히코 교수님과 이야기를 나누다가, 필연적으로 아주 로 맨틱한 양자역학의 세계에 관심을 가지게 됐습니다.

삶과 죽음이 중첩된 아주 기묘한 고양이, 눈을 감고 있는 동안에는 없을지도 모르는 달, 벽을 통과하는 전자. 조사하 면 조사할수록 양자역학의 세계는 신비하고 매력적이더군 요. 개중에서도 인간의 몸을 구성하는 불로불사의 소립자가 있다는 사실에 가슴이 떨렸습니다.

지금까지 가까운 사람의 죽음을 몇 번 경험했습니다. 소중한 사람이 죽는 것만큼 슬픈 일은 또 없죠. 그렇지만 죽음은 결코 피할 수 없습니다.

그런데 양자역학의 시각에서 보면, 세상을 떠난 그들은 진짜 죽음을 맞이한 게 아닙니다. 그들은 바뀐 모습으로 지금도 어딘가에 살아 있어요. 눈에는 보이지 않지만 가슴속에 살아 숨 쉬는 그들의 존재가 과학적으로 증명된 것 같아서 마음이 편해졌습니다. 그리고 그 감동을 발판 삼아 이 이야기를 쓰기에 이르렀네요.

저처럼 양자역학의 세계를 통해 조금이라도 마음이 편해지는 분이 계시다면 다행이겠습니다.

이 소설을 쓸 때 힘을 보태주신 마쓰바라 교수님, 이스미 시에 사시는 여러분들, 출판사 관계자분들, 멋진 일러스트를 그려주신 안요 님, 그리고 이 책을 선택해주신 모든 독자님께, 운명에 이끌린 우리의 만남을 축하하며 진심으로 감사의 말씀 올립니다.

요시쓰키 세이

# 옮긴이의 말

## 우주(양자역학)×미스터리×연애소설
## =내가 너와 만나 사랑에 빠질 확률

일본의 대문호 나쓰메 소세키가 '아이 러브 유(I love you)'를 '달이 아름답네요'로 번역했다는 일화가 있다. 실제로 그랬는지는 알 수 없지만, 문과 감성이 느껴지는 말이라서 개인적으로는 좋아한다. 그렇다면 '달 표면을 덮은 레골리스가 태양 빛을 반사해서 빛나기 때문이래'라는 말은 사랑으로 이어질 수 있을까 없을까? 너무 이과 감성이라 무리일 것 같다면 이 소설 『내가 너와 만나 사랑에 빠질 확률』을 좋은 반례로 소개하고 싶다.

저자 요시쓰키 세이는 '베어히메'라는 필명으로 2006년부터 인터넷 소설을 쓰기 시작했고, 2018년부터 요시쓰키 세이라는 필명으로 책을 출간하고 있다. SF와 우주를 좋아한다는 저자답게 이전 작품에서는 천사가 나오기도 하고, 주인공이 과거로 돌아가거나 미래로 가기도 한다. 한편 『내가 너와 만나 사랑에 빠질 확률』은 현실에 단단히 발을 디딘 작품이지만, 우주는 이번에도 빠지지 않고 등장한다.

작품의 등장인물인 여고생 간다 이노리는 그야말로 천문학적(이것도 우주다)인 확률을 뚫고 만난 운명적인 사람이라며 주인공 미쓰야 구온에게 느닷없이 사랑을 고백한다. 반면 운명을 믿지 않는 구온은 이노리를 이상한 사람 취급하면서도 자꾸 이노리와 얽히게 된다.

수수하고 아무 특징도 없는 주인공에게 느닷없이 사랑을 고백하는 미소녀. 미소녀에게 휘둘리면서도 점점 빠져드는 주인공. 그들이 속한 우주부 부원들도 제법 개성적인 편이고, 분위기도 통통 튀어서 흔하디흔한 러브 스토리로 흘러가는 것이 아닐까 싶기도 하다.

하지만 고양이 살해 사건이 발생하는 중반부터 분위기가 심각해지면서 미스터리 소설 같은 느낌을 풍기기 시작한다. 주인공의 애달픈 심리 묘사도 무거워지는 분위기에 일조하며 독자들을 더욱 이야기 속으로 끌어들인다.

하지만 이 작품은 미스터리에 중점을 두지는 않았다. 저자는 미스터리 요소를 통해 '영원한 사랑'을 표현해보려고 한 게 아닐까? 이러한 주제를 뒷받침해주는 요소가 바로 '우주'와 '양자역학'이다. '어떻게도 갈라놓을 수 없는 영원한 사랑'은 진부한 문구로 들릴 수도 있겠지만, 이 작품에서는 그러한 사랑에 물리학적으로 접근한다. 요샛말로 이과 감성인데도 딱딱하지 않고 굉장히 찡하게 다가온다. 다 읽고 나면 여운이 꽤 많이 남는다.

사실 소설이고 영화고, 연애나 사랑이 소재인 작품은 뭔가 간질간질해서 개인적으로 잘 감상하지 않는 편이다. 사실이 작품도 처음에는 그랬다. 하지만 두 사람의 연애에 우주와 양자역학 등의 요소가 소스처럼 잘 배어 있어서 상당히 독특한 느낌이 든다. 그리고 거기에 미스터리가 첨가되면서 후반부에 먹먹하고 뭉클한 감정이 밀려온다. 덧붙여 "우주와 양자역학에 대한 잡학이 곳곳에 담겨 있으니 우주를 좋아하는 분도 꼭 읽어보세요"라는 작가의 말(인스타그램에서 발췌)처럼 그런 부분을 읽는 재미도 쏠쏠하다.

문과 감성과 이과 감성이 어우러진 신개념 연애소설 『내가 너와 만나 사랑에 빠질 확률』. 연애소설에 익숙한 독자

도, 그렇지 않은 독자도, 새로운 연애소설을 원하는 독자도
로맨틱한 우주와 양자역학의 세계에 푹 빠져보시길 바란다.

2024년 1월

김은모

# 참고 문헌

『우주는 무한한가 유한한가』 마쓰바라 다카히코 지음, 원회영 옮김, 리가
서재

『물리학은 처음인데요』 마쓰바라 다카히코 지음, 이인호 옮김, 행성B

『아는 게 없어도 재미있게 읽을 수 있다! 우주의 구조(知識ゼロでも楽しく
読める! 宇宙のしくみ)』 마쓰바라 다카히코 감수, 세이토샤

『어쩐지 우주는 마침맞게 좋다 : 이 세계를 창조한 기적의 파라미터 22(な
ぜか宇宙はちょうどいい この世界を創った奇跡のパラメータ22)』 마쓰바
라 다카히코 지음, 세이분도신코샤

『문과도 이해할 수 있다 : 세계의 구조를 물리학으로 안다(文系でもよくわ
かる 世界の仕組みを物理学で知る)』 마쓰바라 다카히코 지음, 야마토
게이고쿠샤

『그림으로 이해하는 상대성 이론과 양자론(図解 相対性理論と量子論)』사
　토 가쓰히코 감수, PHP연구소

『연애의 과학 : 만남과 이별을 둘러싼 심리학(恋愛の科学 出会いと別れを
　めぐる心理学)』오치 게이타 지음, 지쓰무교육출판

『우리가 사랑에 대해 착각하는 것들』해나 프라이 지음, 구계원 옮김, 문학
　동네

내가 너와 만나 사랑에 빠질 확률

**1판 1쇄 발행** 2024년  1월  26일
**1판 4쇄 발행** 2024년 10월  15일

**지은이** 요시쓰키 세이 **옮긴이** 김은모
**펴낸이** 김영곤 **펴낸곳** (주)북이십일 아르테

**책임편집** 원보람 **디자인** 형태와내용사이
**문학팀장** 김지연 **문학팀** 권구훈
**해외기획실** 최연순 소은선 홍희정
**출판마케팅팀** 한충희 남정한 나은경 최명열 한경화
**영업팀** 변유경 김영남 강경남 황성진 김도연 권채영 전연우 최유성
**제작팀** 이영민 권경민

**출판등록** 2000년 5월 6일 제406-2003-061호
**주소** (우 10881) 경기도 파주시 회동길 201(문발동)
**대표전화** 031-955-2100 **팩스** 031-955-2151
**이메일** book21@book21.co.kr

아르테는 (주)북이십일의 문학 브랜드입니다.

ISBN 979-11-7117-293-1 (03830)

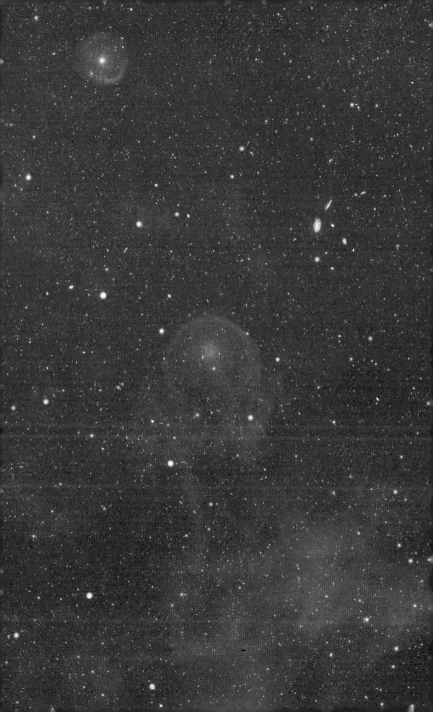

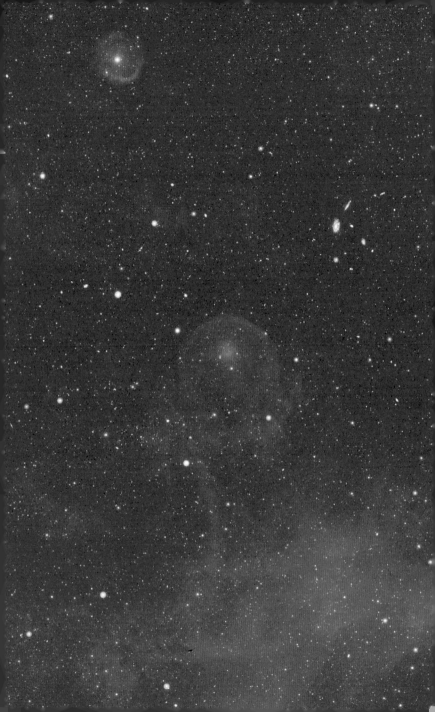